Robin McKinley

Née en 1952 dans l'Ohio, Robin McKinley est connue pour son travail de réécriture des mythes et fables classiques – La Belle et la Bête, Pégase et bien d'autres. Elle a été lauréate du World Fantasy Award et du Mythopoeic Award pour son rôle éminent dans la fantasy contemporaine, en tant qu'auteur ou qu'anthologiste. *Belle* a paru en 2011 aux éditions Mnémos, suivi en 2015 de *Dragonhaven*, chez le même éditeur.

Retrouvez toute l'actualité de l'auteur sur :
www.robinmckinley.com

BELLE

SCIENCE-FICTION

Ouvrage publié sous la direction de David Camus

Collection dirigée par Stéphane Desa

ROBIN MCKINLEY

BELLE

Traduit de l'anglais (États-Unis)

par Sophie Dalle

MNÉMOS

Titre original :
BEAUTY

Pocket, une marque d'Univers Poche,
est un éditeur qui s'engage pour la préservation
de son environnement et qui utilise du papier fabriqué
à partir de bois provenant de forêts gérées
de manière responsable.

ISBN 978-2-266-25936-1

PREMIÈRE PARTIE

1

De trois sœurs, j'étais la cadette. Prosaïque, notre mère nous avait appelées Grâce, Espérance et Honneur, mais peu de gens, sauf peut-être le prêtre qui nous baptisa toutes trois, se rappellent mon véritable prénom. Aujourd'hui encore, mon père aime raconter la manière dont j'acquis le nouveau : j'étais venue lui demander quelques explications le jour où j'avais découvert que nos noms ne signifiaient pas uniquement c'est-à-toi-que-je-m'adresse. Et s'il était parvenu à satisfaire ma curiosité en ce qui concernait la grâce et l'espérance, le concept d'honneur m'était apparu beaucoup plus délicat à saisir. Du haut de mes cinq ans, j'avais écouté jusqu'au bout son discours sans cacher mon dégoût croissant, et lorsqu'il avait terminé, je m'étais exclamée :

— Ah ! J'aimerais mieux être Belle !

Il avait ri, puis s'était empressé, les jours suivants, de vanter à tout son entourage la précocité de sa fille cadette. C'est donc ainsi que je m'étais approprié un nouveau prénom.

Nous étions toutes trois de jolies petites filles aux boucles blondes et aux yeux clairs ; Grâce avait la chevelure la plus soyeuse, Espérance avait les yeux les plus grands, mais ces différences étaient imperceptibles ; du moins le furent-elles les dix premières années. De sept ans mon aînée, Grâce devint une ravissante jeune fille aux cheveux dorés comme les blés (disaient les amis de la famille) et aux yeux clairs comme un matin du mois de mai après la pluie (disaient ses admirateurs). Quant à Espérance, elle se transforma en une superbe brune aux yeux verts. Légèrement plus grande, Grâce avait un teint rose alors que celui d'Espérance était blanc comme l'ivoire, mais hormis ces particularités, elles se ressemblaient étonnamment ; toutes deux étaient minces, élancées, dotées d'une taille de guêpe, d'un adorable nez bien droit et de fossettes attendrissantes.

J'avais cinq ans de moins qu'Espérance, et je comprends mal ce qui m'arriva, mais au fil des ans, je devins grisâtre, ni brune, ni blonde ; mes boucles de bébé disparurent, me laissant seule avec des baguettes dont même le fer à friser ne pouvait venir à bout ; mes yeux prirent une teinte vaguement noisette. Plus grave : je cessai de grandir ; j'étais maigre, maladroite, trop petite, empêtrée de mains et de pieds trop grands. Pire : lorsque j'eus treize ans, je me couvris de boutons ! J'étais persuadée que personne, dans la famille de ma mère, n'avait souffert une telle malédiction depuis des siècles et des siècles. Et de leur côté, Grâce et Espérance, toujours aussi innocentes et jolies, faisaient battre le cœur de tous les hommes.

Bébé de la famille, j'étais un peu gâtée. Notre mère était morte moins de deux ans après ma naissance, et notre dernière sœur, Miséricorde, était décédée à peine deux semaines plus tard. Bien que nous ayons toujours été entourées de nurses et de gouvernantes aussi efficaces qu'affectueuses, mes sœurs étaient convaincues de m'avoir élevée. Lorsqu'il apparut clairement que j'étais le vilain petit canard, je me faisais déjà appeler Belle depuis plus de six ans ; j'en étais venue à détester ce prénom, mais j'étais beaucoup trop orgueilleuse pour y renoncer. De toute façon, Honneur ne sonnait guère mieux à mes oreilles. Mes sœurs étaient trop bonnes pour me taquiner à ce sujet, et je leur en voulais un peu d'être non seulement belles, mais aussi généreuses et sincères.

Notre père, que Dieu le bénisse ! ne semblait pas remarquer cet énorme et déplorable écart entre les deux aînées et la plus jeune de ses filles. Au contraire, chaque soir, à table, il nous regardait en souriant, et nous disait combien il était content de nous voir toutes trois si différentes. Il affirmait plaindre les familles dont les membres ressemblaient aux pétales d'une même fleur. Pendant un temps, son manque de perspicacité me blessa, et je le soupçonnai même d'une certaine hypocrisie ; puis je lui fus reconnaissante de son aveuglement. Car avec lui, je pouvais m'exprimer en toute liberté, je pouvais évoquer mes rêves et mes projets sans craindre d'éveiller sa pitié.

Ma seule consolation était d'être « la plus futée » des trois. Notre gouvernante prenait toujours un ton attristé pour parler de mon intelligence. Mais j'avais au moins cela, et mes capacités intellectuelles me servaient autant de défoulement que de prétexte. Je pouvais me permettre de fuir les mondanités, moi qui préférais les livres. À mon père, je racontais que je voulais aller à l'université ; j'avais choqué plus d'une nurse en avouant à haute voix mes ambitions, mais mon père hochait toujours la tête en souriant.

— Nous verrons…

Persuadée qu'il était capable de tout (sauf de me rendre belle, bien sûr), j'étudiai avec passion et abnégation, tout en évitant les inconnus et les miroirs.

Notre père était un des marchands les plus prospères de la ville. Fils d'un constructeur de navires, il avait eu son premier poste de mousse avant même d'avoir fêté ses dix ans. À quarante ans, il avait réussi à asseoir une flotte dont les bateaux étaient connus dans le monde entier. À quarante ans, il avait épousé Lady Marguerite, alors âgée de dix-sept ans. Issue d'une famille noble, mais privée de tous ses biens, elle avait accepté avec joie la proposition de mariage de mon père. Selon tous les amis de nos parents, ils avaient formé un couple heureux. Mon père avait adoré sa ravissante jeune épouse (dont mes sœurs avaient évidemment hérité toutes les qualités sauf la crinière rousse et les yeux ambre), et réciproquement.

J'avais douze ans lorsque Grâce se fiança avec le plus brillant des capitaines de notre père, Robert Tucker, un géant de vingt-huit ans aux yeux bleus et aux cheveux noirs. Il mit les voiles presque aussitôt après, pour un voyage qui devait durer trois ans, mais au cours duquel il était sûr de faire fortune. Au moment des préparatifs, les discussions avaient été animées. Père avait proposé un mariage précipité, afin qu'ils passent quelques semaines ensemble (et fabriquent un bébé, pourquoi pas ? histoire d'occuper Grâce pendant l'absence de son mari). Après tout, le départ pouvait être légèrement retardé.

Non ! avait protesté Robbie, il préférait faire ses

preuves d'abord ; se reposer entièrement sur sa belle-famille était trop facile. S'il ne pouvait subvenir lui-même aux besoins de sa femme, il se jugerait indigne d'elle. Mais il n'avait pas les moyens de lui offrir une maison, et ces trois années de séparation paraîtraient sans doute bien longues. Ne valait-il pas mieux la libérer de ses engagements ? Bien entendu. Grâce s'était levée à son tour pour déclarer qu'elle patienterait vingt ans s'il le fallait. Ainsi les bans avaient-ils été publiés, et Robbie était-il parti un mois plus tard.

Grâce nous raconta en long et en large cet épisode, alors que nous prenions le thé dans son boudoir tendu de satin rose. Son service en porcelaine était d'une finesse exquise, et c'est en parfaite hôtesse qu'elle nous avait tendu les tasses, comme si nous étions deux grandes dames. Je bus rapidement : je me méfiais de ces objets trop fragiles pour mes mains maladroites et préférais m'enfermer dans mon bureau pour boire mon thé dans un épais gobelet en faïence.

Espérance était rêveuse. J'étais la seule à saisir le côté humoristique de la situation (mais j'étais la seule, aussi, à lire des poèmes pour le plaisir). Grâce devint écarlate en parlant du bébé, et, tout en admettant que Robbie s'était montré raisonnable, nous avoua qu'elle regrettait (oh ! très légèrement !) qu'ils ne se fussent pas mariés avant son départ. Elle était encore plus jolie lorsqu'elle rougissait. Le décor de son boudoir mettait en valeur la couleur de ses joues.

Les deux premiers mois d'absence de Robbie furent sans doute pour elle une épreuve. Elle qui avait été la jeune fille la plus courtisée de toute la ville sortait désormais très peu ; quand Père et Espérance lui disaient que personne ne la forçait à vivre comme une nonne, elle esquissait un sourire éthéré et répliquait qu'elle n'avait vraiment aucune envie de voir du monde. Elle passait le plus clair de son temps à préparer son trousseau : elle cousait merveilleusement depuis l'enfance.

Espérance fréquenta donc seule (avec un chaperon) les soirées, jusqu'au moment où, au bout de deux ans environ, elle se mit elle aussi à bouder les réunions mondaines. Sa retraite était d'autant plus incompréhensible qu'aucun ban n'avait été publié, qu'aucune rumeur de maladie mystérieuse n'avait couru. Je sus enfin ce qui se passait le soir où, secouée de sanglots, elle se glissa sur la pointe des pieds dans ma chambre.

Je n'étais pas encore couchée : je traduisais un texte de Sophocle. Elle m'avoua qu'elle devait absolument en parler à quelqu'un, mais qu'elle ne voulait pas ennuyer Grâce avec son problème, alors que notre sœur se souciait tellement du sort de Robbie… (« Oui, bien sûr », répondis-je d'un ton patient, tout en songeant que Grâce saurait beaucoup mieux que moi l'écouter et la consoler.)… mais qu'elle, Espérance, était éperdument amoureuse de Gervain Woodhouse et donc fort malheureuse.

Je finis tout de même par mieux comprendre cette déclaration étrange.

Jeune homme fort estimable à tout point de vue, Gervain n'était néanmoins que ferronnier au chantier de Père. Il était issu d'une famille honnête, mais modeste, et ses ambitions étaient limitées. Il avait quelques idées sur le lestage des navires, idées qui intéressaient Père ; c'est ainsi qu'il était venu à la maison à plusieurs reprises en discuter ; il était resté ensuite pour le thé ou le dîner. Je supposai qu'Espérance et lui s'étaient rencontrés à cette occasion. Je suivis assez mal la narration de ma sœur, ne reconnaissant pas en l'amant passionné qu'elle me décrivait ce garçon poli et réservé que recevait notre père. Bref, conclut Espérance, elle savait que Père souhaitait pour elle une union honorable, mais son cœur était déjà pris.

— Ne dis pas de bêtises, la réprimandai-je. Père veut seulement ton bonheur. La perspective d'avoir Robbie pour gendre l'enchante, tu le sais parfaitement. Or, Grâce aurait pu choisir un comte.

Les fossettes d'Espérance se creusèrent.

— Un comte sur le retour.

— Un comte est un comte, répliquai-je sévèrement. Celui-là valait mieux que ton marquis, qui cachait sa femme dans un placard. Si tu penses être plus heureuse à frotter des tabliers pleins de goudron, Père ne t'en empêchera pas. À mon avis, ajoutai-je, songeuse, il t'offrira quelques domestiques, qui frotteront les tabliers à ta place.

— Décidément, tu n'es pas une romantique, soupira Espérance.

— Tu l'as toujours su. Mais je te rappelle que Père n'est pas un ogre. Calme-toi et réfléchis un peu. Lui-même a débuté comme moussaillon ; seule Maman était une véritable femme du monde. Père n'a pas oublié ses débuts dans la vie. Et il aime beaucoup Gervain.

— Oh, Belle ! s'exclama-t-elle. Mais ce n'est pas tout. Gervain ne reste dans cette ville que par amour pour moi. Il ne se plaît pas vraiment ici, il n'aime pas non plus la mer. Il a été élevé dans le Nord. La forêt lui manque. Il veut repartir là-bas, redevenir forgeron.

Je méditai sur cette question, car il me semblait que

ce serait un gâchis. En dépit de ma culture, j'avais toujours vécu à la ville, et j'imaginais le Nord comme une terre peuplée de lutins et de sorciers qui parcouraient la campagne en marmonnant des incantations magiques. Chez nous, les sorciers, petits vieux aux yeux très brillants, se contentaient de concocter des potions d'amour ou des remèdes contre les verrues en échange d'une petite somme d'argent. Mais si cela ne gênait pas Espérance, pourquoi cela me gênerait-il ?

— Tu me manqueras, déclarai-je enfin. J'espère que tu ne t'installeras pas trop loin tout de même. Écoute : cesse de te tordre les mains et regarde-moi. Veux-tu que j'en parle à Papa d'abord ?

— Oh ! Ce serait merveilleux de ta part. J'ai fait jurer à Gervain de ne rien dire encore, mais notre silence commence à le gêner.

Dans la famille, j'étais celle qui savait parler à Papa.

— Bien… J'irai le voir, mais accorde-moi une semaine, s'il te plaît. Papa a des soucis en ce moment, comme tu as pu le constater, et je veux choisir l'instant propice.

Réconfortée, Espérance acquiesça avec enthousiasme, m'appela sa « petite sœur adorée », m'embrassa et sortit de la pièce. Je me remis à ma traduction de Sophocle. Mais à mon grand désespoir, je fus incapable de me concentrer sur mon travail : je pensais sans cesse aux histoires curieuses que l'on racontait à propos des pays du Nord. Je me rappelais la façon que Ger avait de se figer lorsqu'on parlait de nos guérisseuses locales. Un jour, je l'avais interrogé à ce propos, et il m'avait expliqué :

— Dans ma région, on apprend de mère en fils comment préparer le mélange qui supprime les verrues, comme on apprend à faire du pain d'épice ou l'ourlet d'une chemise. Quant au mari, il connaît au minimum une ou deux formules magiques utiles, dont il se sert pour fabriquer des épouvantails vraiment efficaces. Il doit même rester quelques dragons par-ci, par-là. J'en ai vu un, un jour, quand j'étais enfant, mais ils viennent très rarement dans le Sud.

Je savais que les dragons avaient toutes sortes de pouvoirs merveilleux, mais qu'il fallait un grand magicien pour les maîtriser.

L'occasion d'évoquer avec mon père l'avenir d'Espérance ne se présenta malheureusement jamais. La catastrophe se produisit quelques jours après notre conversation nocturne. La petite flotte de navires marchands que possédait Père subissait revers sur revers ; en fait, depuis le départ de Robbie trois ans plus tôt à bord du *Corbeau Blanc*, accompagné du *Vent Vif*, du *Résolu* et du *Fortune*, tout allait de travers. Annulations de commandes, mauvaises récoltes et révolutions diverses avaient perturbé le commerce ; les bateaux de Papa avaient coulé dans la tempête ou échoué entre les mains de pirates, tandis que plusieurs de ses entrepôts avaient été détruits.

Le coup fatal se présenta sous la forme d'un message apporté par un marin épuisé, parti trois années auparavant avec le *Résolu*. Les quatre vaisseaux avaient été séparés lors d'un orage inattendu. Le *Résolu* et le *Vent Vif*, poussés dans les récifs, avaient sombré ; seule une poignée d'hommes avaient survécu. Quant au *Fortune*, il avait été récupéré par des pirates, alors qu'il dérivait. Du *Corbeau Blanc*, personne n'avait la moindre nouvelle, mais il était présumé perdu, corps et biens. Le capitaine du *Vent Vif* avait survécu au désastre, au prix d'une jambe mutilée qui refusait de guérir. Le marin qui nous annonça cette série de malheurs avait quitté ses camarades un an auparavant.

Je n'ai guère de souvenirs des semaines qui suivirent ce retour. Je me rappelle seulement qu'en quelques jours, Père, jusque-là si jeune et vaillant, vieillit au point de paraître son âge ; il avait plus de soixante ans. Notre pauvre Grâce, pâle comme un linge, se mit à errer dans la maison comme ces créatures de légende qui se laissent dévorer par leur chagrin. Avec Espérance, j'essayais de forcer notre père et notre sœur à manger, je veillais à ce que le feu dans leurs chambres restât bien allumé.

Père décida de rassembler le peu qui nous restait et de se retirer à la campagne, où nous pourrions vivre avec presque rien. Son immense succès avait été dû surtout à l'habileté qu'il avait de prendre des risques calculés. Il avait plus d'une fois frisé le désastre, mais était toujours retombé sur ses pieds ; aussi avait-il refusé d'imaginer le pire. Nous étions donc complètement ruinés, puisqu'il n'avait jamais économisé le moindre sou. Le peu qu'il pouvait sauver servirait à aider les meilleurs de ses hommes : moins d'une semaine après son arrivée, le marin du *Résolu* repartit à la recherche de ses compagnons laissés derrière lui.

La maison et les terres seraient vendues aux enchères, et avec l'argent obtenu, nous aurions de quoi recommencer. Mais recommencer quoi ? Père était un homme brisé ; de plus, il avait désormais la réputation de porter malheur. Aucun marchand n'accepterait de traiter avec lui. Depuis qu'il avait abandonné la construction navale pour se consacrer à des affaires plus lucratives, trente ans plus tôt, il avait abandonné toute tâche manuelle. Il n'avait aucune autre qualification.

Ce fut en cette période de désespoir que Gervain vint nous rendre visite. Nous étions réunis tous les quatre dans le salon après le dîner. En général, nous causions, ou alors, Père ou moi-même lisions à haute voix pendant que mes sœurs brodaient. Mais nous n'avions plus le cœur à ce genre de distraction. La date de la vente aux enchères était déjà choisie : la liquidation aurait lieu la semaine suivante. Père s'était mis en quête d'une maison en dehors de la ville.

On annonça tout à coup l'arrivée de Gervain. Rouge comme une pivoine, Espérance fixa ses mains croisées sur ses genoux. Deux jours plus tôt, elle m'avait avoué qu'elle ne le voyait plus depuis la nouvelle de notre ruine. Mais il était au courant : toute la ville en parlait. La vente du chantier servirait à régler toutes les dettes, mais les employés s'inquiétaient de savoir qui serait leur nouveau patron, et quelle serait leur situation. Père avait su gagner le respect et l'admiration de tous ceux qui avaient travaillé pour lui.

Sans préambule, Gervain expliqua l'objet de sa visite. Il avait décidé, quelques semaines auparavant, de demander la main de ma sœur. Il comprenait bien qu'aujourd'hui tout était changé, mais il était sûr de son cœur et osait penser qu'Espérance était sûre du sien. Lorsqu'ils en avaient parlé ensemble, elle lui avait laissé entendre qu'elle était prête à quitter la ville pour le suivre à la campagne et mener un train de vie plus modeste, si sa famille y consentait. Il s'était donc empressé de chercher un lieu où installer sa forge, par l'intermédiaire d'amis d'enfance. Or, cet après-midi-là, on lui avait parlé d'une maison avec une forge et une grange, dans un village à quelques kilomètres seulement du lieu de sa naissance.

Il venait donc nous proposer d'unir nos maigres fortunes. La maison serait un peu petite pour cinq personnes, mais elle pouvait aisément être agrandie. Quant à Père, ajouta-t-il en s'inclinant devant lui, il pourrait installer un atelier de menuiserie dans le fond de la forge. Gervain nous assura que nous avions tout le temps d'y réfléchir, et qu'Espérance ne devait sous aucun prétexte se sentir obligée de l'épouser. Il conclut cependant que ce serait pour lui un grand honneur de nous aider à poursuivre en toute dignité le cours de notre existence.

Père demeura silencieux un long moment. Ger, qui avait refusé de s'asseoir en entrant, paraissait calme et serein. Il était plutôt séduisant avec ses cheveux châtains et ses yeux gris, si graves. Je lui donnais une trentaine d'années. Il était au service de Père depuis environ six ans, et s'était toujours montré un artisan loyal et habile.

Père prit enfin la parole :

— Espérance, ce que dit ce jeune homme est-il vrai ?

— Oui, Père, souffla-t-elle, écarlate et tremblante.

Il porta son regard de sa fille à Gervain.

— Gervain, je ne sais pas si j'ai raison de vous répondre ainsi, car c'est une charge bien lourde qu'en dépit de toutes vos belles paroles vous voulez assumer. Mais il est vrai que mes filles et moi-même avons besoin d'aide. C'est avec beaucoup de gratitude que nous acceptons votre offre.

Gervain inclina la tête d'un air solennel.

— Merci, monsieur Huston. Si vous me le permettez, je repasserai demain, et nous en reparlerons.

— Venez quand vous voudrez. Vous serez sûr de me trouver, soupira Père.

Je ne sais pas ce que nous serions devenus sans Gervain. Depuis la nouvelle de la catastrophe, nos vies semblaient s'être figées dans le temps. Nous vivions au jour le jour, et la vente aux enchères nous paraissait devoir marquer la fin de tout. À l'issue d'un long après-midi de conversation avec Père, Gervain prit la peine de nous expliquer en détail ce qui allait se passer. Il nous encouragea à poser des questions, nous raconta des histoires à propos de la campagne et des forêts qu'il connaissait si bien. Nous savions maintenant que nous aurions une maison de quatre pièces dans un petit village perdu des monts du Nord, Colline Bleue. Le voyage durerait de six à huit semaines. Nous nous intéressâmes même aux détails pratiques, tandis que Gervain parlait d'attelages, de chariots et de routes.

Ce fut plus facile pour Espérance et pour moi. J'étais la plus jeune, je n'étais amoureuse de personne, sinon peut-être d'Euripide, et, bien que profondément attristée par le malheur qui frappait Père et Grâce, j'étais moins attachée qu'eux à la vie citadine. L'inconnu de notre avenir m'effrayait, mais je n'avais jamais eu peur de travailler dur, et je n'avais pas d'amis à quitter. La pensée de dormir dans un grenier et de laver moi-même mes vêtements ne me réjouissait guère, mais cette perspective ne me remplissait pas non plus d'horreur. J'étais encore assez naïve pour considérer tout cela comme une aventure.

Espérance m'avait avoué quelques semaines

auparavant que Gervain avait à l'origine prévu d'engager une domestique. Les quatre pièces auraient été amplement suffisantes pour eux deux (notre maison en comptait dix-huit dont une salle de bal haute de deux étages, sans inclure les dépendances et les logements des serviteurs). Elle se montrait plus réservée, à présent, mais avait du mal à contenir son excitation. Un soir, elle me confia qu'elle se sentait coupable d'être à ce point heureuse : en effet, elle allait vivre avec Gervain, sans pour autant s'éloigner de sa famille.

— Ne dis pas de bêtises, répliquai-je. C'est ton bonheur qui soutient les deux autres.

Presque chaque soir, lorsque Père et Grâce se retiraient dans leurs appartements après le repas, nous nous réunissions, Espérance et moi, pour discuter des « deux autres ».

— D'ailleurs, ajoutai-je après un court moment de réflexion, bientôt, tu seras trop occupée à frotter les planchers pour te soucier de ton égoïsme.

— N'oublie pas les tabliers noircis de goudron que tu m'avais annoncés, rétorqua-t-elle en souriant.

Personne ne parla de lutins, de dragons ou de sorciers.

2

Le jour de la vente aux enchères n'arriva que trop vite : nous le passâmes toutes trois enfermées dans le boudoir de Grâce, pièce qui nous avait été réservée. Tremblantes, blotties les unes contre les autres, nous écoutâmes les pas étrangers et les voix inconnues qui avaient envahi la maison. Gervain avait pris les choses en main ; Père avait été expédié d'office au chantier sous prétexte qu'il devait y vérifier les livres de comptes, c'était donc Ger qui tenait la liste des objets à vendre ou à sauver, Ger qui répondait à toutes les questions.

À la fin de la journée, il frappa à notre porte et annonça doucement :

— C'est fini, à présent, vous pouvez venir prendre le thé.

La plupart des meubles étaient encore là : nous avions deux semaines devant nous pour faire nos bagages et partir. Mais les pièces plus petites, la coupe en porcelaine de Chine de Papa par exemple, les tapis d'Orient, les bibelots, les tableaux, les tables basses, tous ces trésors avaient été emportés, et la maison paraissait bien vide. Main dans la main, nous errâmes de pièce en pièce, comptant en silence, à la lueur mélancolique du soleil couchant, les articles manquants ; une odeur de tabac et de parfums venus d'ailleurs imprégnait l'atmosphère.

Après nous avoir laissées seules une demi-heure, Ger vint nous chercher au salon, où nous avions fini par échouer.

— Descendez. Venez voir ce que vous ont laissé vos amis.

Et, sans un mot de plus, il nous conduisit à la cuisine, entraînant avec nous notre père, que notre cortège avait rencontré sur son passage dans le vestibule. Sur les tables et les chaises s'entassaient toutes sortes de merveilles : jambons fumés, bacon, venaison, conserves de légumes et de fruits ; piles d'étoffes variées, chintz, mousseline, toile, lin, lainages, cuirs souples. Il y avait aussi trois lourdes capes de fourrure, et un canari dans une cage.

— Vous n'auriez pas dû les laisser faire cela, murmura Père.

— Je n'étais au courant de rien, répondit Gervain. Et j'en suis heureux, car je n'aurais pas eu le cœur de les en empêcher. Je viens de le découvrir moi-même, tout à l'heure.

Père se tenait immobile, sourcils froncés. Il avait refusé toute offre de charité, il avait insisté pour rembourser toutes ses dettes, même à ses collègues marchands, qui par amitié les auraient volontiers annulées. Quelques domestiques avaient supplié de rester, même sans salaire, jusqu'à notre départ, et bien que pouvant à peine les nourrir, Père n'avait pu se résoudre à les renvoyer. L'une d'entre elles, Ruth, apparut sur le seuil de la cuisine.

— Je vous prie de m'excuser, mais il y a un monsieur qui demande Mlle Belle.

— Bien, répliquai-je tout en me demandant qui cela pouvait bien être. Dites-lui de descendre jusqu'ici.

Père eut un geste d'impatience, mais ne protesta pas. Nous nous regardâmes sans un mot, puis nous perçûmes le bruit lourd des bottes dans l'escalier, et Tom Black se présenta devant nous.

Tom était éleveur de chevaux. Il avait une écurie en ville, un haras à la campagne, et jouissait d'une excellente réputation à travers le pays tout entier. Nous lui avions acheté toutes nos bêtes. Mes sœurs avaient jusqu'à ce matin-là possédé deux juments, aussi belles que douces ; quant à moi, plutôt moins maladroite en selle qu'ailleurs, j'avais eu un magnifique cheval hongre qu'aucun obstacle n'effrayait. Mais Tom se passionnait surtout pour les grands chevaux, descendants de ceux qu'avaient utilisés les chevaliers et qui pouvaient supporter au grand galop quelques dizaines de kilos d'armure sur le dos.

— Votre cheval, me dit-il. Je vous l'ai laissé dans l'écurie. J'ai pensé qu'il valait mieux vous prévenir, afin que vous alliez lui dire un petit bonjour ; il va s'ennuyer, maintenant qu'il est tout seul. Vous trouverez aussi une selle. Un peu usée, bien sûr, mais elle vous rendra service.

Je le dévisageai, ahurie.

— Ne prenez pas cet air hébété, s'emporta-t-il. Grandcœur vous attend dans l'écurie. Je vous conseille vivement d'aller le réconforter, sans quoi il sera trop inquiet pour dormir cette nuit.

— Vous ne pouvez pas me donner Grandcœur, soufflai-je enfin.

— Je ne vous le donne pas. Il ne s'agit pas d'un cadeau. Si vous partez sans lui, il cessera de s'alimenter. Je le sais. Déjà ces dernières semaines, vous lui avez manqué ; vous ne veniez plus régulièrement, et il devenait de plus en plus nerveux. Prenez-le donc avec vous. C'est un cheval solide. Il saura vous servir.

— Mais… Tom…, balbutiai-je, au comble du désespoir, en me demandant pourquoi personne n'intervenait. Grandcœur vaut une fortune. Vous ne pouvez sacrifier ainsi un de vos grands chevaux en l'obligeant à tirer une charrette, et c'est ce qui l'attend s'il vient avec nous. Il devrait être monté par le roi en personne.

— Cela ne lui plairait pas, rétorqua Tom. Il vous obéira. Je ne pensais pas que j'aurais à vous dire de prendre soin de lui, mais j'aimerais vraiment que vous cessiez de tergiverser et que vous alliez le voir à l'écurie. Bonsoir, mesdemoiselles… monsieur.

Sur ce, il tourna les talons et disparut.

Ruth le laissa sortir par la porte de derrière, et un silence pesant nous enveloppa.

— Je ferais mieux d'y aller, murmurai-je enfin.

Père se mit à rire pour la première fois depuis bien longtemps.

— Ils sont trop bons, tous ; Dieu les bénisse ! Nous ferions mieux de partir rapidement avant d'être surchargés de cadeaux.

— Quel est ce cheval qui refusera de se nourrir si vous le laissez ici ? s'enquit Gervain.

Je hochai la tête.

— Tom a dit ça comme ça ; il me l'offre, c'est tout ; pourquoi ? Franchement, je n'en sais rien. Autrefois, je traînais souvent dans ses écuries.

— Seuls les chevaux parviennent à éloigner notre

Belle de ses poètes grecs, intervint Espérance. Et d'après Tom, elle est la meilleure cavalière qu'il connaisse.

Je préférai ignorer ma sœur et me lançai dans des explications :

— Un jour, une jument est morte en mettant bas. Tom a dit que le poulain aurait une chance de survivre si quelqu'un avait la patience de le nourrir au biberon. Je m'en suis chargée ; j'ai baptisé cette pauvre bête Grandcœur. J'avais onze ans, à l'époque. En général, Tom vend ses poulains dans leur quatrième ou cinquième année. Il m'a autorisée à dresser celui-là et… Bref… J'y vais.

— Elle lui lisait ses traductions de grec, marmonna Grâce. Et il a survécu.

— Cela rendait folle la gouvernante, ajouta Espérance. Mais je suis certaine que ce cheval connaît mieux le grec ancien que Miss Stanley.

Je fusillai mon aînée du regard.

— Il est resté ici un temps, puis il est retourné dans les écuries de Tom ; mais je lui ai rendu visite presque chaque jour sauf… heu… ces temps derniers. À tout de suite, conclus-je en gravissant l'escalier. Ne mangez pas tous les gâteaux, je reviens boire mon thé et je meurs de faim.

— Puis-je venir faire la connaissance de Grandcœur ? demanda Ger.

— Évidemment !

Douze jours après la vente de nos biens, nous quittâmes la ville où nous avions toujours vécu. Je montais Grandcœur, Grâce s'étant installée derrière moi. Le reste de la famille voyageait dans une charrette conduite par Ger. Personne ne se retourna. Nous étions avec un groupe de charretiers qui effectuaient ce parcours régulièrement, deux fois par an. Ils partaient de la campagne du Sud, et remontaient tout au nord, où ils ne restaient que quelques semaines avant d'entamer le trajet du retour. Ces hommes connaissaient parfaitement la route et les dangers encourus ; ils acceptaient toujours (pour une somme modeste) d'emmener avec eux des pèlerins comme nous. Ils devaient passer à une vingtaine de kilomètres seulement de notre destination finale, ce qui, pour Espérance et pour moi-même, était plutôt réconfortant, car nous nous sentions ainsi un peu moins coupées du monde.

Grandcœur avançait tranquillement en mâchouillant son mors. Nous avions eu du mal à l'imposer, car un cheval de cette nature était considéré comme un luxe ; il risquait aussi de donner de drôles d'idées à un brigand croisant par hasard notre chemin. Mais le printemps était déjà bien avancé, aussi trouverait-il toujours de quoi satisfaire son appétit ; de plus, j'avais promis de le dresser au harnais dès notre arrivée dans notre nouvelle maison. Gervain s'était contenté de soupirer : je ne pense pas que l'idée d'abandonner Grandcœur l'avait effleuré une seconde. Quant aux charretiers, ils avaient commencé par vociférer en disant que si nous avions les moyens de posséder un cheval de cette envergure, nous pouvions tout aussi bien partir seuls avec des gardes privés engagés pour notre protection. Mais ils avaient eux aussi l'habitude de traiter avec Tom Black, et très vite avaient considéré Grandcœur d'un œil plus indulgent.

— Ainsi, c'est lui qui aurait cessé de s'alimenter si vous ne l'aviez pas emmené ? me demanda l'un d'entre eux, Tom Bradley, tout en gratifiant l'animal d'une tape joviale sur l'encolure.

Ce soir-là, il s'approcha de notre feu, pour discuter et faire plus ample connaissance... Les jours se transformèrent en semaines, et nous apprîmes à mieux nous connaître les uns les autres. Les visites de Tom Bradley étaient toujours les bienvenues, car même en compagnie de Gervain, toujours optimiste et enthousiaste, nous nous laissions facilement aller à la mélancolie. Nous n'étions pas habitués à ce rythme harassant, à ces longues heures à cheval, ou en charrette, secoués par tous les cahots de la route.

— Alors ! nous encourageait Tom Bradley. Vous ne vous en sortez pas si mal, allez ! Vous finirez par vous y accoutumer. Tenez ! Prenez donc un peu de ragoût, ça va vous remonter.

Tom possédait tous les secrets de l'art de cuisiner dans une casserole unique sur un feu de bois ; il nous apprit à cuire les pommes de terre sous les cendres. Et lorsque Grâce, meurtrie à force d'être en selle, souffrit au point de ne plus dormir la nuit, il lui trouva une peau de mouton sur laquelle s'asseoir.

— On m'a surnommé « l'aide-soignante », expliqua-t-il avec un sourire penaud. Mais cela m'est égal ; il faut bien que quelqu'un s'occupe des innocents comme vous.

— Nous vous sommes très reconnaissants de votre soutien, Tom, assura Ger.

— Bah ! ricana-t-il. Je fais ce métier depuis bientôt trente ans. Je n'ai ni famille, ni foyer, vous comprenez ; je m'attache donc assez facilement à ceux qui ont besoin de moi. Mais je vais vous dire une chose, aujourd'hui, et je la répéterai quand vous nous quitterez : je vous souhaite bonne chance, et ça, je ne le dis pas souvent. Votre départ m'attristera.

Le périple dura deux longs mois, et lorsque vint le moment des adieux, nous étions en piteux état : couverts de bleus, meurtris, endoloris et, surtout, terriblement las. Les seuls à avoir vécu avec sérénité cette aventure étaient Gervain et Grandcœur. Ger était aussi enjoué et sûr de lui que le jour où il était apparu dans notre salle de séjour, trois mois plus tôt, pour nous soumettre sa proposition, et Grandcœur avançait d'un pas nonchalant, comme si de rien n'était. Nous paraissions tous fatigués et amaigris. Tom nous serra la main, flatta Grandcœur. Comme promis, il renouvela ses vœux de bonheur et de chance ; il nous dit aussi qu'il nous reverrait dans six mois, quand il reviendrait chercher la charrette et les deux chevaux que nous prêtaient les charretiers pour débuter notre nouvelle existence.

Les rigueurs du voyage nous avaient empêchés de profiter du paysage. Nous avions surtout remarqué les nids-de-poule, les pierres sous nos couvertures, les feuilles humides des arbres sous lesquels nous avions choisi de nous abriter pour la nuit. Délaissant la route principale pour emprunter celle qui nous mènerait à notre nouvelle demeure, à quelques kilomètres seulement de là, nous regardâmes pour la première fois avec intérêt la campagne alentour.

Nous étions bien à l'intérieur des terres, et le parfum de l'océan était loin ; c'était un pays de monts. Nous avions salué nos compagnons à l'aube, et c'est en fin d'après-midi que nous nous retrouvâmes dans l'unique rue de Colline Bleue. Les enfants avaient prévenu que nous nous approchions, et les hommes s'étaient redressés dans les champs, la main en visière pour se protéger du soleil, sur notre passage. Nous avions vu de jeunes pousses de blé, d'avoine, de maïs et de seigle, des troupeaux de bœufs, de moutons, de chèvres et des cochons, ainsi que quelques chevaux au long poil. Les travailleurs s'étaient remis presque aussitôt à l'ouvrage : les nouveaux venus pouvaient attendre, le jour ne tarderait pas à tomber ; mais au village, plusieurs personnes s'étaient rassemblées pour nous accueillir… et nous passer en revue.

Ger, tel un magicien, s'empressa de sortir de sa manche une tante, mère de six enfants, patronne d'un petit pub. C'était elle qui lui avait signalé l'existence de la maison et de la forge. Son sourire nous réconforta, nous les elfes perdus dans la nature. Tout autour, les gens reconnaissaient (ou feignaient de reconnaître) Ger, le jeune gars né de l'autre côté de la colline et parti à la ville, plus de dix ans auparavant.

Le Pré-aux-Oies, le village natal de Gervain, et Colline Bleue n'avaient aucune délimitation précise, les fermes et les champs s'étendant de l'enseigne du Chat qui Danse au Pré-aux-Oies, jusqu'au Griffon Rouge, l'établissement dirigé par la tante de Ger.

Elle s'appelait Mélinda Honeybourne ; veuve depuis quatre ans, elle avait pris complètement en charge le Griffon après la mort de son mari. Elle demanda à ses deux aînés, qui se trémoussaient devant la porte du bar, de surveiller les petits, tandis qu'elle nous accompagnait à notre nouvelle demeure. Je pris les deux plus jeunes enfants et les installai devant moi sur Grandcœur.

La maison, située au-delà du village, en était isolée par une rangée d'arbres. La plupart des fermes s'étalaient à l'est, de part et d'autre de la route, en une mosaïque irrégulière de forêts, de champs et de ruisseaux. Le Pré-aux-Oies n'était pas visible, et la ville du Nord la plus proche, Champdor, était à trois jours de trajet à travers bois.

— Je suis venue souvent, expliqua Mélinda. Ne sachant quand exactement vous arriveriez, j'ai tenu à tout aérer une ou deux fois par semaine. Une maison fermée pourrit en moins de temps qu'il n'en faut pour le dire... Vous verrez, c'est assez propre, Miss, continua-t-elle en s'adressant plus particulièrement à Grâce. Bien sûr, dès que vous serez installés, vous voudrez tout arranger à votre goût. Avec Molly, ma grande fille, nous avons déjà nettoyé le plus gros, il y a trois mois, quand nous avons su que vous étiez décidés à venir. Remarquez, vous êtes les bienvenus au Griffon Rouge si vous le souhaitez, en attendant. J'ai l'habitude de recevoir à l'improviste et j'adore cela.

Grâce entreprit de la remercier, mais elle l'interrompit gentiment :

— Surtout, n'allez pas vous imaginer que vous avez une dette envers nous ; vous nous revaudrez cela, j'en suis certaine, dès que Ger aura redémarré la forge ; celle du Pré-aux-Oies est bien loin pour nous, vous savez, et nous ne sommes pas tous entièrement satisfaits de l'habileté du jeune Henney. Tu n'as pas tout oublié dans ta grande ville du Sud, j'espère, Ger ?

— Mais non, mais non. Je suis plus habile que le diable en personne.

Mélinda rit aux éclats, mais Père avait tressailli légèrement en l'entendant évoquer avec mépris la ville.

Les deux fillettes que j'avais récupérées s'appelaient Daphné et Rachel. La plus grande des deux, Daphné, répondait aux questions qu'on lui posait après mûre réflexion. Sa cadette demeurait muette et s'accrochait des deux mains à la crinière de Grandcœur. Toutes deux paraissaient enchantées de se trouver là, bien qu'un peu excédées par mon désir d'entretenir à tout prix la conversation.

— Et voilà ! s'exclama Mélinda.

La rue était devenue un chemin de terre, lequel menait de l'autre côté d'un monticule ; et là, dans le creux d'une prairie, s'élevait un petit bâtiment de bois flanqué de deux cabanes accolées l'une à l'autre. On aurait dit une maison de poupée, tant sa taille contrastait avec les arbres immenses de la forêt, juste derrière. Autrefois, une barrière avait entouré un jardin potager, à la porte de la cuisine ; mais aujourd'hui, les ronces avaient envahi le terrain. Cachée derrière les autres bâtiments, nous découvrîmes une écurie, avec seulement deux stalles et un toit percé. Il y avait un puits sur la colline que nous avions franchie en venant du village, et un joli ruisseau caracolait joyeusement jusqu'à la forge, avant de bifurquer vers l'inconnu.

Nous avions tous redouté cet instant, et nous fûmes tous émus par le tableau paisible qui se dressait devant nous ; le soleil de cette fin d'après-midi dansait dans les herbes, teintait d'or les marguerites, enflammait les jonquilles. La maison paraissait nette et solide, presque accueillante. Mélinda fut la première à y pénétrer. Elle ouvrit les fenêtres, passa la tête dehors.

— Venez donc ! Elle n'est pas si mal !

La tante de Gervain avait raison : bien construite, la structure avait parfaitement résisté à deux années d'abandon. Le rez-de-chaussée était divisé en deux pièces à peu près carrées, avec la cuisine à l'arrière et la salle de séjour à l'avant, séparées par une cheminée centrale s'ouvrant de part et d'autre. À l'étage, un large palier conduisait à la même cheminée et aux deux chambres. Le grenier était lui aussi coupé en deux ; pour y accéder, il fallait se servir d'une échelle de meunier, et Ger, qui était plutôt grand, ne pouvait s'y tenir debout.

Tout était impeccable. Il n'y avait pas une seule toile d'araignée, et les planchers avaient été cirés. Mélinda sourit, tandis que nous la félicitions pour son travail. Elle nous assura qu'elle répéterait tous nos compliments à sa fille Molly, qui s'était occupée de tout et qui était encore assez jeune pour rougir des flatteries. Riant en chœur, nous redescendîmes.

Père insista pour que nous nous installions tout de suite dans notre nouvelle demeure.

— Nous dormons par terre depuis tant de semaines que le simple fait d'étaler nos matelas sur une surface plane nous paraîtra le comble du luxe, affirma-t-il.

Cependant, nous acceptâmes d'aller dîner au Griffon.

— Vous vous épargnerez ainsi bien des visites de curieux aux moments où vous préférerez travailler, assura Mélinda. Quant à vos chevaux, je vous conseille de les mettre dans nos écuries en attendant que la vôtre soit remise en état, poursuivit-elle en gratifiant Grandcœur d'une caresse. Celui-ci est magnifique, les enfants l'adoreront : il semble sortir tout droit d'un conte de fées... À présent, je rentre allonger un peu le ragoût.

Refusant de se laisser raccompagner, elle partit à pied avec Daphné et Rachel.

Nous avions de la chance, car, au village, tous les habitants considéraient avec respect les amis de

Mélinda. Ils étaient heureux, aussi, de pouvoir de nouveau compter un forgeron parmi eux.

Une semaine après notre arrivée, Ger ouvrait la forge, tandis que nous, les filles, nous efforcions encore d'aérer la literie, de repriser les chaussettes et de comprendre comment faire fonctionner la cuisinière. Père passait ses après-midi dans l'écurie, qu'il réparait en sifflotant joyeusement, et trois semaines plus tard, nous pûmes récupérer nos bêtes. Père leur construisit un enclos, agrandit le fenil, et se mit à parler d'un poulailler. Mélinda nous avait en effet donné quelques poulettes.

Pour nous, ce fut plus difficile. Nous nous rendions compte tout d'un coup combien nous avions été gâtées, combien vivre sans domestiques pouvait être ardu. Frotter un plancher requiert une certaine maîtrise, et mes mains se couvrirent rapidement de durillons. Quant à mes sœurs, à la peau si fragile, elles souffraient de brûlures provoquées par le frottement de nos vêtements rustiques. Nous ne parlions guère de nos problèmes. Nous nous contentions d'essayer d'améliorer notre situation. Les semaines se succédèrent, et petit à petit vinrent les progrès. Le soir, nous nous couchions épuisées, mais au fil du temps, nous devenions plus fortes, et encouragées par les résultats de nos efforts, plus enjouées. Mélinda nous était toujours d'un précieux secours et nous donnait gentiment toutes sortes de conseils, sans en avoir l'air, pour ne pas nous embarrasser.

Bien que plutôt doux selon les gens du pays, notre premier hiver nous parut très dur. Jamais nous n'avions vu autant de neige, jamais nous n'avions connu un tel froid. Grandcœur, seul dans son écurie (hormis les poules) depuis qu'à l'automne Tom était venu comme promis reprendre ses compagnons, s'était recouvert d'un véritable manteau de poils, ses courtes oreilles disparaissant sous une touffe grise.

Lorsque Tom était passé, j'avais déjà dressé Grandcœur au harnais. Je souffrais beaucoup plus que lui de cette humiliation. En fait de dressage, je n'avais pas eu grand mal : Ger avait échangé une vieille charrue réparée contre un harnachement à la taille de notre énorme bête. Je m'étais contentée de le lui mettre, puis d'ordonner à Grandcœur d'avancer. Il avait compris d'instinct ce qu'il devait faire. Sans doute Tom Black avait-il eu raison : ce cheval ne semblait en aucune façon regretter de ne pas être monté par le roi.

Même le canari traversa la rude saison en bonne santé. Il était pour nous d'un grand réconfort, car il représentait à nos yeux une espèce inférieure, faible, que nous avions à cœur de soigner. Et comme pour nous remercier de notre dévouement, il chantait.

Nous n'avions pas eu le temps de lui trouver un nom avant de quitter la ville, et plusieurs semaines s'étaient déjà écoulées depuis notre emménagement quand Espérance s'était brusquement exclamée :

— Nous ne l'avons pas baptisé !

Grâce et moi-même l'avions dévisagée, consternées, et un silence pesant avait suivi, jusqu'au moment où, tout à coup impatient, l'oiseau s'était manifesté. Nous nous étions regardées, puis Grâce avait pris la parole :

— Mais bien sûr ! Comment n'y avons-nous pas songé plus tôt ? Il faut l'appeler Orphée !

— Orphée ! C'est parfait !

Ainsi le canari avait-il trouvé une identité, bien que,

avec le temps, Orphée se fût transformé peu à peu en Phé-Phé.

L'été suivant, un an environ après notre arrivée à Colline Bleue, Espérance et Gervain se marièrent enfin. Une pièce supplémentaire avait été ajoutée à la maison pour les jeunes époux ; le maçon était venu tout spécialement bâtir une cheminée additionnelle. Je décidai de rester dans mon grenier, où j'avais appris à me sentir bien, plutôt que de descendre au premier partager la chambre de Grâce.

La discussion avait été vive, lorsque j'avais décrété que j'irais tout en haut, mais pour finir, j'avais obtenu gain de cause ; et Père m'avait même percé une fenêtre s'ouvrant sur le potager ressuscité et la forêt au-delà. Quand je n'étais pas trop fatiguée (ce qui m'arrivait de plus en plus souvent, car je m'étais habituée à mon nouveau rythme de vie), j'aimais beaucoup lire à la lueur d'une bougie. Malheureusement, les bougies étaient trop coûteuses pour être ainsi gaspillées, et mes moments de lecture s'étaient espacés.

Nous avions chacun adopté une routine. Ger avait fort à faire à la forge ; son habileté était telle que les clients n'hésitaient pas à parcourir cinquante kilomètres pour lui confier un travail. Quant à Père, ses mains avaient retrouvé leur agilité d'antan, et il fabriquait charrettes et armoires dans son atelier attenant à celui de son gendre. Ses cheveux avaient blanchi, il se déplaçait moins vite qu'autrefois, mais il avait retrouvé le goût de rire et de la vie. Je soupçonnais vaguement Mélinda d'être secrètement éprise de lui. Avec elle comme avec toutes les femmes, notamment ses filles, il se montrait toujours doux et courtois. Mais elle, si simple, si ouverte, rougissait dès qu'il lui adressait la parole, et se tordait les mains dans son tablier comme une écolière timide.

Grâce et Espérance se partageaient les tâches domestiques ; je m'occupais du reste et regrettais souvent de ne pas être un garçon. J'en avais l'allure et les responsabilités, puisque Ger m'avait appris à fendre le bois et à l'entasser, ce qui était devenu l'une de mes tâches principales, avec toutes les cheminées de la maison à alimenter, et les feux de la forge et de la cuisine qu'il fallait nourrir tout au long de l'année.

La force herculéenne de mon cheval était vite devenue légende, et nous fûmes appelés à la rescousse à plusieurs occasions au cours de cette première année, une fois pour arracher un vieux tronc d'arbre, une autre pour tirer une charrette prisonnière de la boue. Nous transportions souvent du bois pour nos voisins, aussi, et recevions en échange de la bière, des couvertures ou des pâtés de viande. Petite et ordinaire, solide comme un garçon, je ne choquais personne par mon comportement. Et, si les hommes s'inclinaient cérémonieusement devant mes sœurs en ôtant leur chapeau, ils s'adressaient à moi avec plus de familiarité : un sourire, un geste de la main. « Salut, Belle ! » Apparemment, mon prénom n'avait soulevé aucun commentaire.

Au printemps, j'avais bêché le potager, semé des graines, arraché les mauvaises herbes, et prié ardemment pour que tout pousse comme prévu. Ces quelque trois années de jachère semblaient avoir convenu à la terre, car j'obtins des radis gros comme des oignons, des pommes de terre grosses comme des melons, des melons gros comme des agneaux. L'air sentait bon les herbes, la forêt et le pain fraîchement sorti du four. J'avais aussi taillé les arbres fruitiers rescapés du vieux verger, et j'imaginais déjà avec plaisir la gelée de pommes dont nous nous délecterions l'hiver suivant.

3

Bien que je fusse la plus téméraire, Ger nous avait fait toutes les trois promettre de ne jamais nous aventurer seules dans la forêt derrière la maison. Nous ne pouvions y aller qu'accompagnées par lui ou par mon père. Supposant qu'il avait surtout cherché à nous mettre en garde contre les promenades trop lointaines, j'allai un après-midi à la lisière des bois avec mon cheval et ma charrette ramasser des branchages pour les feux de la maison. Les ronces qui, avant notre arrivée, avaient envahi le terrain autour des bâtiments, étaient depuis longtemps arrachées et brûlées. Mais Ger m'aperçut par la fenêtre de sa forge, et vint me retrouver, furieux. Surprise par sa colère, je lui expliquai que je n'avais pas cherché à lui désobéir, et que je croyais être bien en vue (c'était le cas, puisqu'il m'avait tout dc suite repérée). Il se radoucit, mais me répéta qu'il nous était formellement interdit de pénétrer dans les bois ; cette conversation avait lieu à l'automne, les feuilles étaient rouge et or, et notre souffle suspendait de petits nuages dans l'air déjà froid.

Il contempla l'arbre sous lequel nous nous trouvions et soupira.

— Je suis peut-être trop prudent, mais cela vaut mieux, marmonna-t-il avant de marquer une pause, puis de se frotter le menton, l'air songeur. Ne t'es-tu jamais demandé pourquoi notre maison était la seule de ce côté du village ? Ne t'es-tu jamais demandé pourquoi nous prenons notre eau au puits de la colline, alors que nous avons un ruisseau, tout près ?

Je le dévisageai, ahurie et perplexe. Toutes les histoires étranges que l'on m'avait racontées à la ville m'étaient sorties de l'esprit depuis que nous habitions la campagne et jusqu'ici pas un lutin n'était venu troubler notre tranquillité.

— Heu, non, pas vraiment, avouai-je. Je me suis dit que le forgeron avait éprouvé le besoin de vivre un peu à l'écart ; et que l'eau du ruisseau n'était sans doute pas potable…

— Ce n'est pas si simple, répondit Ger, un peu gêné. La légende veut que cette forêt soit hantée. Non, pas exactement hantée, mais plutôt enchantée. Et comme le ruisseau en vient, il doit être, lui aussi, enchanté ; quant au forgeron qui s'est installé là le premier… qui sait ? Peut-être était-il magicien ? C'était un remarquable artisan, mais un jour, il a disparu. Son successeur, celui qui est parti il y a deux ans, a creusé le puits dont nous nous servons aujourd'hui, par mesure de sécurité ; mais la nuit, il entendait des bruits curieux, qui ne lui plaisaient guère. Bref, il n'a pas voulu rester, et les villageois ont eu un mal fou à le remplacer. C'est la raison pour laquelle nous avons pu acheter cette propriété : elle se vendait pour une bouchée de pain.

— Je n'étais au courant de rien ! protestai-je. Est-ce

vrai, ou est-ce une ruse pour m'effrayer et m'obliger à t'obéir ? Si c'est le cas, tu as tort…

Gervain esquissa un sourire.

— N'aie aucune crainte, Belle, je connais ton caractère. Ce que je te raconte est vrai : tu es de celles qui préfèrent tout savoir, ajouta-t-il d'un ton un peu penaud.

En effet, j'exigeais toujours de savoir le pourquoi du comment, surtout lorsqu'il me prenait avec lui à la forge. À force de le harceler de questions, j'avais obtenu qu'il finisse par me répondre, et j'avais ainsi appris à faire du charbon de bois et à ferrer un cheval (je réussissais parfaitement l'opération si la bête acceptait de coopérer).

— J'aimerais que tu ne parles pas de tout cela à ta famille, reprit mon beau-frère. Ton père est vaguement au courant, mais tes sœurs ignorent tout. Le sujet sera sans doute évoqué tôt ou tard, et à mon avis, le plus tard sera le mieux. Je… Je préfère prendre mes précautions, conclut-il avec une note de supplication dans la voix.

— Toutes ces histoires sont absurdes ! m'emportai-je. Personne ne m'en a parlé avant toi aujourd'hui !

— C'est logique : réfléchis. Les habitants de Colline Bleue avaient besoin d'un forgeron ; ils en ont un, et même un bon, ils ne tiennent pas du tout à ce qu'il parle. De toute façon, si cette forêt est enchantée, il ne s'y est rien passé depuis plus de cent ans. Qui plus est, personne ne nous a caché quoi que ce soit. Je suis du pays, rappelle-toi, et lorsqu'elle m'a écrit pour me parler de la maison, Mélinda m'en a résumé le passé.

— Et qu'est-il arrivé, il y a plus de cent ans ? voulus-je savoir.

Le jour tombait, et les derniers rayons du soleil

enflammaient les feuillages. À travers la fenêtre de la cuisine, je vis une silhouette en jupe se pencher devant l'âtre. Ger prit la bride de Grandcœur pour le ramener à l'écurie. Il m'adressa un sourire en coin.

— Eh bien, voilà… Tu vas rire, et je ne pourrai t'en vouloir. J'ai grandi par ici, tu comprends, et ces légendes entendues dès le berceau m'ont marqué, moi aussi… On prétend donc qu'au milieu de ces bois s'élève un château, dans un jardin sauvage. Et que toute personne s'aventurant un peu trop loin sera irrésistiblement attirée vers ce château. Or, à l'intérieur vit un monstre. Selon certains, il est né homme, mais a été transformé en monstre par la suite en guise de punition pour ses mauvaises actions. D'autres affirment qu'il est né monstre, et ce pour punir ses parents, souverains d'un pays merveilleux qui ne se souciaient que de leur propre plaisir.

— Comme le Minotaure, murmurai-je.

— Le qui ?

— Le Minotaure. C'est une vieille légende grecque. Et à quoi ressemble-t-il, ce monstre ?

— Sur ce point, personne ne semble d'accord. Ma mère me faisait craindre un ours aux griffes longues d'un pied. Celle de mon meilleur ami parlait d'une sorte de sanglier énorme, qui n'hésiterait pas à le soulever avec ses grandes défenses pour l'emporter au loin s'il n'était pas sage. Quant au premier propriétaire de notre pub, il était persuadé qu'il s'agissait d'un griffon. Enfin… Quelle que soit la nature de cette bête, il paraît qu'elle a un appétit vorace. On raconte qu'aucun chasseur ne trouve jamais de gibier dans cette forêt ; tu as pu constater que pas un lièvre, pas une marmotte ne viennent dans notre potager : c'est tout de même bizarre. Il n'y a même pas d'écureuils dans ce coin, alors que ce sont des animaux qui vivent n'importe où !

Le soleil avait presque disparu. Le feu de cheminée éclairait maintenant les vitres d'une lueur accueillante. Père passa, les bras chargés de bûches. Il s'arrêta devant la porte d'entrée de la grande salle, se retourna vers nous.

— Tu retournes à la forge, Ger ? Je n'ai pas fermé.

— J'y vais !

Père entra, et Gervain m'accorda de nouveau toute son attention.

— Je veux que tu me promettes de ne pas affoler tes sœurs avec toutes ces histoires. Je n'aurais probablement pas dû te parler de tout cela, c'est ridicule. Je veux aussi que tu me promettes de ne pas aller seule dans la forêt.

Je fixai le sol en marmonnant : par principe, j'avais horreur des promesses solennelles, car, fort scrupuleuse, je m'efforçais de les respecter.

— Je ne dirai rien à mes sœurs, concédai-je. Quant à me promener dans les bois, s'ils risquent d'être enchantés pour moi, ils le seront autant pour toi. Je n'irai donc pas, à condition que tu n'y ailles pas non plus.

Cette déclaration parut le décontenancer tout d'abord, puis soudain, il sourit.

— Je me demande parfois si tu n'es pas un peu sorcière toi-même. Au fond, la forêt te laisserait sans doute tranquille. C'est d'accord, alors.

Je partis installer Grandcœur dans son box, tandis que Ger allait à l'atelier. Il y était encore lorsque j'eus achevé mes tâches, aussi décidai-je de l'y rejoindre.

— Je n'en ai plus que pour une minute, m'assura-t-il.

— Ger… Pourquoi m'as-tu raconté cette légende ?

Il feignit d'examiner son marteau.

— Voyons… D'une part, j'ai beaucoup de respect pour ton obstination. D'autre part, je savais que tu ne m'obéirais pas sans connaître la vérité. Or je mens assez mal, et ces bois me font peur. Finalement, je suis assez soulagé d'avoir moi aussi promis de ne pas y retourner : je n'aurai plus à inventer des prétextes à l'avenir. Dis à tes sœurs que j'arrive.

Le lendemain matin, réveillée avant le soleil, je descendis pieds nus dans la cuisine pour ne pas faire de bruit. J'avais rendu un service à un homme qui réparait les harnachements, et qui, en échange, m'avait promis une protection en cuir souple pour l'encolure de Grandcœur. Bucky m'avait affirmé que ce serait prêt aujourd'hui, et le trajet était assez long, aussi étais-je décidée à partir tôt. De plus, j'aimais les couleurs du ciel à l'aube.

Je sellai Grandcœur et le menai dehors. Parvenue au ruisseau, j'hésitai : en général, nous contournions la forge, puis remontions la colline en direction du village. Au puits, je remontais un seau d'eau et nous nous désaltérions tous deux. Mais aujourd'hui, je m'attardai avec mon cheval devant le cours d'eau et attendis. Grandcœur baissa la tête, fronça le museau, souffla, se pencha encore, but. Il ne se transforma ni en grenouille, ni en griffon ; il ne s'envola pas sous mes yeux atterrés. Il se redressa, se lécha les babines, me contempla d'un œil paisible. J'avançai de quelques pas, les rênes autour du poignet, je m'accroupis. L'eau était glaciale, mais délicieuse, bien meilleure que celle du puits. Je ne me transformai pas non plus en grenouille ou en griffon, et quand je me relevai, le paysage alentour me parut fidèle à lui-même. Je me remis en selle, et nous partîmes au petit trot.

Être pauvre me seyait. Aux côtés de Grâce, fragile et éthérée, je fus une demoiselle d'honneur presque présentable au mariage de notre sœur Espérance. Une année de soleil et de vent avait suffi à unifier mon teint, et comme je refusais obstinément de porter un chapeau, j'avais pris une jolie couleur dorée. Je me tenais plus droite, depuis que je ne me penchais plus des heures durant sur mes livres ; j'avais aussi pris des forces, bien que ce fût pas spécialement considéré comme une vertu pour une femme. Grâce et Espérance faisaient toujours sensation, partout où elles allaient ; mais ici, à la campagne, les jeunes filles ordinaires étaient plus nombreuses, et je me sentais plus à ma place. Je n'avais malheureusement pas grandi. Quand j'avais eu douze ans, mes sœurs m'avaient gentiment assuré que mes pieds et mes mains prouvaient par leur taille que je finirais par les rattraper. Mais à présent, j'avais seize ans, et j'étais résignée à rester petite. Dieu merci, je n'avais plus à porter de gants de dentelle ; j'avais découvert combien mes mains trop grandes pouvaient m'être utiles, et l'un dans l'autre, j'étais en accord avec moi-même. Bien sûr, j'étais aidée par le fait que l'unique miroir de la maison se trouvait dans la chambre de Grâce et d'Espérance.

Pendant le premier hiver, nous nous étions inquiétés

pour la santé de Grâce ; elle ne se remettait pas de la disparition de Robbie, et elle était devenue si pâle, si mince, qu'elle paraissait presque transparente. Au printemps, cependant, elle avait semblé aller mieux, et bien que plus réservée qu'auparavant, elle avait pris un peu de poids. Elle s'était occupée de tous les préparatifs pour le mariage, et si elle eut une pensée pour Robbie durant la fête, personne ne le soupçonna, car elle dansa et chanta avec nous tous. Elle flirta même très légèrement avec le jeune pasteur qui avait béni les heureux époux, et quoique n'ayant bu que du thé toute la journée, le pauvre homme repartit chez lui en titubant, ivre d'un bonheur tout innocent.

Ce jour-là, Ferdy m'embrassa, et je pus ainsi découvrir qu'être « présentable » avait ses inconvénients. Ferdy, de quelques années mon aîné, aidait souvent Ger à la forge et ce dernier, voyant en lui un futur forgeron de qualité, regrettait de ne pouvoir l'employer de manière régulière. Grand, dégingandé, Ferdy avait des mains osseuses, un grand nez, et une toison de cheveux roux. Nous nous étions liés d'amitié au cours des mois précédents ; il m'avait appris à pêcher, et à piéger les lièvres, ainsi qu'à les dépecer et les nettoyer. J'aimais beaucoup Ferdy, mais son baiser me fut très désagréable.

Le temps était ensoleillé et chaud, surtout après un second verre de punch. La cérémonie s'était déroulée en toute intimité dans notre salle de séjour, mais ensuite, le village tout entier vint au banquet. Nous avions apporté les tables du Griffon Rouge, que nous avions installées dans la prairie et chargées de victuailles : pain, beurre, tartes, fruits, confitures, rôtis, punch, thé, lait pour ceux qui en voulaient. Les violoneux avaient apporté leurs instruments et tout le monde se mit à danser. Espérance et Gervain participèrent joyeusement à la fête, sans pour autant se quitter des yeux. La journée avait débuté fort tôt, mais s'acheva au coucher du soleil : le lendemain, tout le monde se remettrait à l'ouvrage comme de coutume ; la saison des moissons approchait, il n'y avait pas une minute à perdre, même quand on se mariait. Aidées de Molly et de Mélinda, Grâce et moi-même fûmes ensuite chargées du rangement. Nous étions toutes épuisées, mais souriantes.

Ferdy vint exprès me voir le jour d'après, mais je n'en fus pas heureuse, d'autant que mon dessein était très précis ; bredouillant, tremblant, écarlate, il me supplia de lui pardonner son comportement de la veille. Je le suppliai, moi, de cesser de se confondre en excuses. Par la suite, je l'évitai le plus possible, m'arrangeant pour ne pas aller à la forge lorsqu'il s'y trouvait, ou pour décourager toute tentative d'approche en prenant l'air d'un bourreau, tandis que lui semblait attendre son tour dans la file.

Ger, le jeune marié qui n'aurait dû avoir d'yeux que pour son épouse, remarqua la vive tension entre sa belle-sœur cadette et son assistant. Un jour, alors que nous ramassions du bois, il profita d'une courte pause pour se frotter le visage d'une main sale et soupirer :

— À propos de Ferdy…

Je me figeai.

— Ne t'inquiète pas, reprit-il. C'est différent selon chacun.

Je ramassai un branchage, le jetai distraitement sur la charrette. Je ne savais pas exactement ce qu'il avait voulu me dire.

— Oui, répondis-je. Merci ! ajoutai-je par-dessus son épaule, en m'éloignant.

Dix mois après le mariage, en mai, Espérance donna naissance à des jumeaux. La fille fut prénommée Miséricorde en souvenir de notre sœur défunte (personnellement, je trouvais cela absurde), et le garçon, Richard, en souvenir du père de Gervain. Autant elle fut rieuse et facile dès le début, autant son frère passa les six premiers mois de son existence à pleurer. Par la suite, sans doute un peu honteux de son attitude, il espaça ses crises de larmes et devint joufflu et enjoué à souhait.

Nous étions à la fin de septembre lorsqu'un colporteur arriva au Griffon en demandant un certain Mr. Woodhouse, ou alors un Mr. Huston, plus âgé, ayant longtemps vécu à la ville. Après l'avoir inspecté de haut en bas et interrogé sur ses activités, Mélinda nous l'amena. Il tendit à Père une lettre scellée à la cire.

Celle-ci nous était envoyée par un dénommé Frewen, que Père avait connu autrefois, et en qui il avait eu toute confiance. Marchand lui aussi, il possédait plusieurs bateaux et habitait tout près de notre ancienne maison. Il nous écrivait pour nous prévenir que l'un des vaisseaux perdus de notre père allait finalement revenir à bon port : il avait été repéré par l'un des capitaines de Frewen en personne. Frewen n'était pas absolument certain de la date de son arrivée, mais il espérait rendre service à son vieil ami Huston en gardant le vaisseau jusqu'à ce qu'une décision fût prise. Père était évidemment le bienvenu chez lui, s'il souhaitait venir traiter l'affaire sur place.

Nous avions écouté la lecture à haute voix de cette missive, tous rassemblés devant le feu après le dîner.

Un lourd silence tomba. Grâce paraissait s'être figée ; pâle comme un linge, elle serrait les poings autour de son tablier. Même les bébés s'étaient tus. Je tenais dans mes bras Miséricorde, dont les yeux étaient grands ouverts de surprise.

— Je vais devoir y aller, annonça Père. Tom Bradley devrait passer d'un jour à l'autre, je partirai pour le Sud avec lui.

En effet, Tom fut là une semaine plus tard et se déclara enchanté d'emmener Père avec lui jusqu'à la ville. La lettre nous avait tous mis dans un état de torpeur que ni la fraîcheur de l'automne, ni les gazouillis des bébés ne parvenaient à secouer. Le plus affreux était de voir Grâce déchirée entre le désespoir et l'excitation.

Père nous avait dit de ne pas l'attendre avant le printemps, quand le voyage serait moins pénible. Pourtant, ce fut au milieu d'une nuit glaciale et enneigée qu'il apparut soudain sur le seuil de la maison. Ger se précipita vers lui pour le soutenir et l'amener à un fauteuil près de l'âtre. S'y laissant choir avec un soupir, il leva la main : il y tenait une rose, une rose énorme, superbement épanouie.

— Tiens, Belle, murmura-t-il.

Je la pris, émue, et la contemplai longuement. Jamais je n'avais vu une fleur aussi exquise.

En partant pour la ville, Père nous avait demandé si nous voulions qu'il nous rapporte quelque chose. Nous avions dit non ; notre seul souhait était de le retrouver en bonne forme à son retour.

— Allons, mes enfants ! avait-il insisté. Les jolies filles ont envie de jolies choses. De quoi rêvez-vous secrètement ?

Nous nous étions regardées, puis Espérance avait ri.

— Rapporte-nous des perles et des rubis et des émeraudes, nous n'avons rien à nous mettre pour notre prochain bal chez le roi et la reine !

Tout le monde s'était esclaffé, mais Père avait paru blessé, et plus tard, je l'avais pris à l'écart.

— Tu sais, j'aimerais beaucoup planter des roses autour de notre maison. Si tu pouvais acheter des graines, nous aurions dans quelques années un jardin dont tous les habitants de Colline Bleue seraient jaloux.

Il m'avait souri en acquiesçant.

Cinq mois plus tard, je me rememorai la scène en serrant entre mes doigts la tige glacée par la neige. Un coup de vent par la porte encore ouverte nous ramena à la raison. Grâce se précipita à la cuisine.

— Je vais chercher un verre d'eau pour la fleur.

Quant à moi, je me dirigeai vers la porte pour la fermer. J'aperçus dans l'obscurité un cheval solitaire, lourdement chargé. Il leva la tête, dressa les oreilles. Je tendis la rose à Grâce.

— Tiens ! Je m'occupe de cette pauvre bête.

Ger me suivit. Quand nous revînmes avec tous les sacs, Père buvait du cidre chaud. Abandonnant dans un coin les bagages en cuir, nous nous installâmes devant le feu. Espérance s'agenouilla devant Père, posa les mains sur ses genoux.

— Que s'est-il passé depuis que tu nous as quittés, Père ?

Il hocha la tête.

— Ce serait trop long à raconter, et je suis mort de fatigue. J'ai besoin de dormir.

Nous vîmes alors combien il était âgé, frêle et hagard.

— Grâce, ma petite chérie, je suis navré, mais il ne s'agissait pas du *Corbeau Blanc*. C'est le *Merlyn* qui a été trouvé. J'ai rapporté un peu d'argent, et quelques petites choses.

Grâce avait placé la rose sur le manteau de la cheminée. Père se tourna de ce côté, et nous le suivîmes du regard.

— Cette rose te plaît-elle, Belle, mon enfant ?

— Beaucoup, Père. Je n'en ai jamais vu de pareille.

Il fixa la fleur, comme en transe.

— Tu ne peux imaginer ce que cette simple fleur a pu me coûter.

Les mots moururent sur ses lèvres, et, curieusement, un pétale se détacha de la rose. Glissant dans les airs, il paraissait léger comme une plume ; pourtant, lorsqu'il tomba, ce fut avec un bruit métallique. Ger se pencha, le ramassa, le tourna et le retourna dans sa main.

— C'est de l'or, souffla-t-il.

Père se redressa avec peine, comme s'il avait mal au dos.

— Pas maintenant, répondit-il à notre question unanime et silencieuse. Demain. Veux-tu m'aider à monter ? demanda-t-il à Grâce.

Espérance couvrit le feu, et chacun alla se coucher. Les sacs de voyage n'avaient pas bougé. Ger les regarda à peine en allant pousser les verrous de la porte.

Je rêvai que le ruisseau de la forêt enchantée se transformait en or liquide, et que son gargouillis était doux comme la soie ; je rêvai aussi d'un grand griffon rouge survolant notre prairie, ses ailes largement déployées jetant une ombre sur notre maison.

DEUXIÈME PARTIE

1

Père dormait encore lorsque nous prîmes ensemble un petit déjeuner silencieux avant d'attaquer chacun nos tâches de la journée. En quittant la table, je me rendis dans la salle de séjour, pour regarder ma rose : elle était toujours là. Je ne l'avais pas rêvée. Le pétale d'or était sur le manteau de la cheminée, là où Ger l'avait posé, la veille au soir ; comme je m'en approchais pour l'observer de plus près, il bascula légèrement. Un courant d'air, sans doute… La fleur ne s'était pas ouverte davantage : c'était un peu comme si elle avait voulu se figer dans la perfection de son épanouissement. Son parfum emplissait l'air. Je me dis que jamais elle ne se fanerait, jamais elle ne mourrait. Je sortis en fermant très délicatement la porte derrière moi. J'avais la sensation d'émerger de la caverne d'un magicien.

Ger avait un poulain très nerveux à ferrer ce jour-là, et j'avais promis de l'aider. Je guettai donc à travers la fenêtre de l'écurie l'arrivée de notre client, tout en pansant nos chevaux. Je travaillais vite : je voulais me dépêcher pour avoir fini à temps. Pourtant, devant la bête qui avait ramené notre père, je m'arrêtai. Sur sa croupe, tout près de la queue, je venais de remarquer cinq petites marques rondes et blanches, un peu comme des traces d'une selle ou d'un harnachement, bien que ce ne fût pas du tout leur place habituelle. Les quatre premières s'alignaient en courbe ; la cinquième, plus bas, était à l'écart. Empreintes des doigts d'une main ? Une main immense, alors ! La mienne était beaucoup trop petite. Je l'aplatis, allongeai le plus possible mes doigts, en vain. Le cheval eut un frémissement, il remua avec brusquerie la tête. Je vis le blanc de ses yeux, tandis qu'il se tournait pour me regarder : il paraissait terrifié, et il me fallut plusieurs minutes pour le réconforter.

Le poulain tant attendu fut là vers le milieu de la matinée, et je passai deux heures à le consoler, à lui chanter des mélodies, tout en tenant le sabot opposé en diagonale à celui que ferrait Ger.

Père apparut peu avant midi. Sur les marches de la maison, il s'immobilisa, inspira une grande bouffée d'air, embrassa du regard le paysage comme s'il s'était absenté de longues années, ou encore comme s'il voulait, en prévision de difficultés futures, imprégner sa mémoire de ce tableau. En le voyant se diriger vers l'atelier, je songeai qu'il semblait étonnamment reposé après seulement une nuit de sommeil. Et lorsqu'il se rapprocha, je vis en lui un changement très net. Distraite par cette découverte, je lâchai le poulain, qui eut un mouvement brutal vers l'avant.

— Hé-là ! Doucement ! s'écria Ger.

Écarlate de confusion, je me concentrai à nouveau sur ma tâche, mais j'eus le temps de voir l'expression de mon beau-frère et constatai qu'en apercevant mon père il avait éprouvé la même surprise que moi.

Père n'était pas simplement remis d'un long voyage : il paraissait avoir rajeuni de quinze ou vingt ans. Les rides de son visage s'étaient estompées, ses yeux s'étaient déplissés, son regard était plus vif, plus aiguisé. Même ses cheveux avaient épaissi ; et il se déplaçait avec l'aisance d'un homme infiniment plus jeune.

Il ébaucha un sourire, apparemment indifférent à notre étonnement pourtant visible.

— Pardonnez-moi de vous déranger. J'espère que cela ne vous ennuiera pas si je passe cette première journée à me promener et à me trouver dans le chemin de tous. Mais je vous promets que je me remettrai à l'ouvrage dès demain.

Nous le rassurâmes, bien sûr : libre à lui d'agir à sa guise. Il repartit. Il y eut un court silence, durant lequel le poulain dressa l'oreille : peut-être nous soupçonnait-il de lui préparer un nouveau supplice ?

— Il paraît en pleine forme, n'est-ce pas ? murmurai-je enfin, timidement.

Ger acquiesça, reprit son fer refroidi entre les pinces, plongea le tout dans les flammes. Tout en surveillant le métal qui rougeoyait, il soupira.

— Je me demande ce que contiennent ses sacoches de cuir…

Mais sa question demeura sans réponse. Ger ferra le dernier sabot, puis j'emmenai notre poulain à l'écurie, où il demeurerait jusqu'au retour de son maître.

Père attendit la fin du dîner pour nous raconter son histoire. Nous étions tous réunis devant l'âtre, dans la salle de séjour, et nous nous efforcions tant bien que mal d'adopter des airs sereins, quand soudain, il se redressa. Il était parfaitement détendu, tranquille. Il nous dévisagea les uns après les autres en souriant.

— Vous avez fait preuve d'une grande patience, et je vous en remercie. Je vais essayer de vous narrer mon aventure, à présent, mais je vous préviens : la fin vous troublera beaucoup.

Son sourire s'effaça.

— Moi-même, de nouveau parmi vous devant ce feu de cheminée, je m'interroge…

Il se tut un long moment, s'enveloppant dans un voile de tristesse, comme la veille. La rose embaumait toute la pièce. Père prit enfin la parole.

Il n'avait vraiment rien à nous dire sur son séjour à la ville. Le voyage vers le Sud s'était déroulé sans heurts et avait duré environ sept semaines. Il s'était rendu directement chez son ami. Frewen avait manifesté sa joie de le revoir et l'avait accueilli très chaleureusement, mais en dépit de tout, Père s'était senti mal à l'aise. Il avait oublié ce que c'était que de vivre à la ville. Le vaisseau avait jeté l'ancre une semaine auparavant ; sa cargaison était en sécurité dans l'un des entrepôts de Frewen. Une cargaison ridicule, en comparaison de ce qu'elles avaient été à l'époque de sa prospérité. Mais grâce à l'aide de Frewen, il avait pu tout vendre à un prix raisonnable et avait donc pu payer tous les membres de l'équipage. Anéanti d'apprendre la ruine de notre père, le capitaine, un dénommé Brothers, avait assuré qu'après les réparations d'usage le *Merlyn* repartirait et que, ainsi, l'affaire redémarrerait. Mais Père n'avait rien voulu entendre : il se trouvait trop vieux pour recommencer, et si sa nouvelle existence était moins aisée que l'ancienne, elle n'en était pas moins réconfortante dans la mesure où toute la famille était réunie et heureuse.

— C'est curieux, nous expliqua-t-il avec un petit sourire. Au début, traverser à pied cette ville que j'avais autrefois parcourue en voiture tirée par quatre chevaux m'a gêné. Et puis, finalement, je n'y ai plus prêté attention. Au fond, je crois que j'ai pris goût à la vie à la campagne. J'espère que vous ne m'en voudrez pas, mes enfants.

Espérance, que Père ne pouvait apercevoir, fixa ses longues mains fines, aujourd'hui rougies et rugueuses. Elle esquissa un demi-sourire penaud, mais ne dit rien.

Bien que moins grand et moins somptueux que les bateaux que l'on construisait désormais, le *Merlyn* était encore en bon état, et Père s'était mis en quête d'un acquéreur. Il avait eu de la chance, car il l'avait trouvé presque immédiatement en la personne d'un jeune capitaine ayant navigué pour Frewen et souhaitant s'installer à son propre compte. Père, qui était à la ville depuis bientôt un mois, commença à penser à son retour. Du *Corbeau Blanc*, il n'avait eu aucune nouvelle, pas plus que des autres navires « présumés » perdus lorsque nous étions partis deux ans plus tôt. En revanche, il avait su que les membres de l'équipage du *Résolu* et du *Vent Vif* étaient revenus chez eux, six mois auparavant seulement. Parmi les survivants était le messager qui nous avait apporté les nouvelles de la catastrophe.

Avec l'argent reçu de la vente du *Merlyn*, Père se dit qu'il allait s'offrir un cheval et attaquer en solitaire le long chemin du retour. L'hiver avait été doux, il n'en pouvait plus d'errer sans but à la ville, tout en ayant l'impression d'abuser de l'hospitalité de Frewen. Il finit par aller chez Tom Black ; celui-ci l'accueillit à bras ouverts et lui proposa une bête solide, qui pourrait accomplir le trajet et nous servir ensuite à Colline Bleue. Tom l'interrogea à propos de Grandcœur. Il fut très intéressé, et non offensé comme je l'avais craint, d'apprendre que le pays tout entier appréciait sa force.

— Je lui avais bien dit qu'il ferait ce qu'elle voudrait, conclut l'éleveur, satisfait. Dites bonjour à toute la famille, et surtout aux deux petits nouveaux !

Père partit quelques jours plus tard. Il avança vite, et après moins de cinq semaines de parcours, aperçut les nuages de fumée s'échappant des cheminées du Pré-aux-Oies. Mais cette nuit-là, le ciel s'obscurcit plus que de coutume, et le lendemain matin, la neige se mit à tomber. Ayant logé au Chat qui Danse, il prit le départ peu après l'aube ; persuadé qu'il ne pourrait jamais se perdre entre le Pré-aux-Oies et Colline Bleue, il avait décidé de passer à travers champs. Il était pressé de rentrer, et la route imposait un grand détour…

La tempête s'abattit sur lui sans prévenir. Alors que, un instant plus tôt, les flocons glissaient tout en douceur sur ce paysage qu'il connaissait maintenant si bien, tout d'un coup, l'air s'obscurcit, un vent d'un blanc épais se mit à siffler, il discernait à peine les oreilles de sa monture ! Il poursuivit son chemin, car s'arrêter eût été de la folie, mais très vite il se perdit.

Son cheval se mit soudain à trébucher : le terrain était de plus en plus accidenté, et la neige camouflait tous les obstacles. Père le laissa avancer à son rythme, tout en essayant de se protéger le visage du vent glacial. Combien de temps cela dura-t-il ? Il n'en savait rien, mais le calme revint enfin, et laissant retomber son bras, il regarda autour de lui. Les flocons étaient de nouveau tout légers, presque caressants, et s'accrochaient aux branchages. Il était au milieu de la forêt : tout autour de lui se dressaient des arbres immenses et gris. Au-dessus de sa tête, un enchevêtrement de branches nues.

Bientôt, il tomba sur un sentier. Un sentier étroit, couvert de neige, long ruban blanc s'enfonçant tout droit dans les bois. Un chemin, quel qu'il soit, est toujours une aubaine pour l'homme perdu dans la forêt. Père y mena donc son cheval épuisé, et ce dernier, reprenant courage, accéléra légèrement son allure.

Un peu plus loin, le sentier s'élargissait, comme pour accueillir des voitures. Mais qui se serait aventuré ainsi sans but précis aux alentours de Colline Bleue ? Et tout d'un coup, Père se trouva devant une haie gigantesque, piquante, envahie par le houx, et qui se prolongeait des deux côtés à l'infini. Dans la haie, un portail couleur d'argent terni. Père mit pied à terre, alla frapper ; il appela, sans grand espoir. Personne. Un silence complet. De désespoir, il tendit la main vers le loquet, qui céda : les battants s'écartèrent sans bruit. Père n'était pas vraiment à l'aise, mais il était trop épuisé pour faire demi-tour : il remonta en selle et fit avancer son cheval.

Devant lui s'étirait une vaste étendue de neige immaculée. C'était la fin de l'après-midi, le soleil ne tarderait pas à disparaître. Mais à l'instant précis où il se faisait cette réflexion, un rayon éclaira deux tours jaillissant entre les arbres d'un verger au centre de la prairie. Les tours étaient en pierre et appartenaient à un énorme château gris, mais à la lueur du soleil couchant, elles prenaient la couleur du sang et donnaient à cette masse la forme d'un animal accroupi. Père se frotta le visage, et le mirage disparut. Une brise légère effleura son front, puis s'estompa. Une fois de plus, il reprit espoir : il se rapprochait sûrement d'une habitation, il allait pouvoir demander de l'aide.

Le crépuscule hivernal l'accompagna jusqu'au verger, et lorsqu'il en émergea, près du château, le cheval eut un sursaut, souffla fort. Devant eux, un jardin merveilleux. Pelouses de velours, haies bien taillées, fleurs épanouies… ici, la neige n'était pas tombée. Père était tellement fatigué qu'il faillit éclater de rire : ce ne pouvait être qu'un vilain tour de son imagination ; il rêvait tout éveillé ! Cependant, l'air qui caressa ses joues était doux. Il ôta sa capuche, desserra sa houppelande. Il respira profondément, trouva enivrant le parfum des fleurs. Seuls les gargouillis des ruisseaux rompaient la tranquillité. Il y avait des lanternes partout, accrochées aux branches d'arbres, ou posées sur des poteaux sculptés noir ou argent ; elles diffusaient une lumière dorée et chaleureuse tout autour. Tandis que Père fixait avec stupéfaction ce tableau, le cheval continua d'avancer. Et lorsqu'ils s'arrêtèrent de nouveau, ce fut au coin de l'une des ailes du château. Une porte s'était ouverte devant eux, et d'autres lanternes éclairaient l'intérieur de ce qui était de toute évidence une écurie.

Père hésita un instant, appela, ne reçut aucune réponse, mais n'en fut guère étonné. Il descendit lentement de sa monture, regarda encore un moment autour de lui. Puis, redressant les épaules, il entraîna la bête dans l'écurie. Comme si de rien n'était. Comme s'il avait une grande habitude des châteaux enchantés. Le premier box devant lequel il passa s'ouvrit. Père ravala sa salive, mais y poussa son cheval. Il y trouva une litière fraîche et du foin dans un filet suspendu, de l'eau claire coulant d'une canalisation de marbre dans une vasque, elle aussi de marbre, et une pâtée fumante dans la mangeoire.

— Merci ! lança Père.

Il eut subitement l'impression que le silence l'avait entendu. Il enleva la selle et le harnais, trouva à l'extérieur du box de quoi les ranger ; il était persuadé, pourtant, de n'avoir pas vu les crochets en arrivant. La longue écurie était déserte, bien qu'elle fût assez grande pour accueillir des centaines de bêtes.

L'odeur de pâtée chaude lui fit prendre conscience qu'il était affamé. Il sortit du bâtiment en fermant soigneusement la porte derrière lui. Il inspecta rapidement les alentours et de l'autre côté de la cour formée par les deux ailes du château, dont une renfermant l'écurie, vit une autre porte s'ouvrir. Il prit cette direction, tout en jetant un coup d'œil sur ce qui était sans doute l'entrée principale : une double porte de six mètres de haut et six mètres de large, ceinte de fer forgé et décorée d'or. Tout autour, une arche du même métal argent terni que le portail de la haie ; mais ici, il avait été merveilleusement travaillé, et les formes en relief paraissaient raconter une histoire. Père ne s'attarda pourtant pas. Il poursuivit son chemin vers la porte ouverte et entra sans hésiter. Il se retrouva dans une vaste salle, éclairée par des dizaines de candélabres, et des centaines de bougies composant un lustre suspendu au plafond. Creusée dans un mur était une cheminée si grande que l'on aurait pu y rôtir un ours. Père s'approcha avec bonheur du feu qui y dansait pour se réchauffer, car en dépit de la douceur de l'air dans le jardin enchanté, il faisait frais.

Le couvert était mis pour une personne, tout près de l'âtre. Lorsque Père se tourna vers la table, le siège recouvert de velours rouge se déplaça de quelques centimètres, se mettant en position pour le recevoir ; les plats se découvrirent, et de l'eau frémissante tomba de nulle part dans la théière. Il marqua un arrêt, vaguement inquiet. Il n'avait pas vu l'ombre de son hôte, pas vu l'ombre d'un être vivant en ce lieu étrange ! La personne dont on s'occupait si bien devait pourtant se trouver quelque part ? Comment le savoir ? Peut-être ce mystérieux personnage vivait-il seul ? Peut-être les serviteurs invisibles s'étaient-ils trompés et l'avaient-ils pris, lui le nouveau venu, pour leur maître ? Celui-ci serait furieux lorsqu'il apprendrait la vérité. Ou peut-être encore la nourriture était-elle empoisonnée… il se métamorphoserait en crapaud, ou s'endormirait pour cent ans… La chaise tressaillit : elle s'impatientait visiblement. La théière se souleva dans les airs et versa dans une tasse en porcelaine de Chine translucide le thé le plus parfumé que Père eût jamais humé. Oui, vraiment, il avait très, très faim. Avec un soupir, il s'assit et mangea.

Lorsqu'il eut terminé, un divan qu'il n'avait pas

aperçu auparavant l'attendait, tout prêt. Il se déshabilla, se coucha, sombra dans un sommeil profond.

Il eut l'impression que huit heures à peine s'étaient écoulées lorsqu'il se réveilla. Le soleil n'illuminait pas encore les crêtes couronnées de blanc des arbres, et une lueur grise, mais très douce, coulait par les hautes fenêtres serties de plomb. Père vit que ses vêtements avaient été lavés et posés délicatement sur le dossier du siège en velours rouge ; sa chemise à l'étoffe un peu rugueuse avait été remplacée par une chemise de lin fin. Ses bottes et ses hauts-de-chausses paraissaient neufs, sa houppelande s'était miraculeusement débarrassée de toute trace de déchirures et de taches. Sur la table l'attendaient pain grillé, thé et œuf poché, ainsi qu'un chrysanthème couleur de rouille flottant dans une coupe en cristal.

Son hôte ne s'était toujours pas manifesté, et cette fois, Père prit peur. Il était pressé de partir, mais n'osait s'en aller sans exprimer sa reconnaissance envers cette personne qui l'avait si gentiment reçu. De plus, il n'avait pas la moindre idée de l'endroit où il se trouvait, et aurait voulu quelques explications pour retrouver son chemin. Il sortit, alla à l'écurie où il trouva son cheval en pleine forme. Tous les accessoires avaient été réparés et nettoyés, les boucles et le mors étincelaient. Il retourna dehors, contourna une partie du château, vit encore des jardins, encore des prairies verdoyantes. La neige avait complètement disparu, les verts étaient tendres comme au début de l'été. En plissant les paupières, il vit très loin, à la lisière noire de la forêt, quelque chose de brillant. Un autre portail, peut-être…

— Très bien, murmura-t-il. Je m'en vais.

Il alla seller son cheval, lequel le dévisagea d'un air réprobateur. Il embrassa une dernière fois la cour du regard, puis, mû par un soudain élan, se mit debout sur ses étriers et s'inclina solennellement.

— Merci beaucoup, dit-il. Après une nuit de repos ici, du moins je suppose que je ne suis resté qu'une nuit, je me sens mieux que je ne l'ai été depuis des années. Merci.

Il ne reçut aucune réponse.

Il traversa au trot les jardins. Le cheval était frais et dispos comme un jeune poulain. La pensée qu'il allait retourner dans la forêt n'effrayait plus du tout Père, et il était convaincu d'en sortir facilement ; avec un peu de chance, il serait dès ce soir auprès de sa famille. Cependant, son attention fut soudain attirée par un jardin cerné d'un mur, à sa droite. Le mur, qui lui arrivait à peu près à la taille, était recouvert de splendides rosiers grimpants, et de l'autre côté se succédaient rangée après rangée des arbrisseaux aux roses blanches, jaunes, roses, flamme et rouge, d'un rouge si foncé qu'il en était presque noir.

Cette roseraie était différente des autres jardins, mais d'une manière indéfinissable. Et si partout régnaient le silence et la netteté, ici, l'atmosphère était empreinte d'une sorte de sérénité suprême.

Mettant pied à terre, Père prit les rênes dans ses mains et passa par l'ouverture dans le muret. Un parfum plus sauvage et plus capiteux que celui de coquelicots l'enivra. Le sol était tapissé de pétales, et pourtant, pas une fleur n'était fanée : toutes étaient en boutons ou complètement écloses, mais toujours fraîches. Quant aux pétales qu'il foulait avec le cheval, ils restaient intacts.

— Je n'ai pas pu t'acheter des graines de rosiers à la ville, Belle, poursuivit Père. J'ai trouvé des graines de pivoines, de soucis et des oignons de tulipes ; mais pour les roses, on ne me proposait que des rosiers ou des boutures. J'ai même envisagé de t'en rapporter un buisson dans mon sac.

— Ça n'a pas d'importance, Père, le rassurai-je.

Il reprit son récit.

Devant ce spectacle, il repensa à sa promesse non tenue ; il se dit qu'il était à une journée à peine de trajet de la maison, et que s'il cueillait une fleur… une seule, s'il la transportait avec d'infinies précautions, elle survivrait. Elles étaient si belles, ces roses !

C'est alors qu'un rugissement d'animal sauvage retentit : aucun humain n'était capable d'émettre un tel son. Le cheval se cabra et rua, paniqué.

— Qui êtes-vous, pour me voler mes roses, que je chéris plus que tout ? Ne vous ai-je pas nourri et logé ? Est-ce ainsi que vous me remerciez ? Votre crime sera puni !

Le cheval se figea, tout en sueur, et Père pivota sur lui-même pour faire face au propriétaire de cette voix grave et dure. Il vit une horrible Bête, au-delà du mur de la roseraie.

— Monsieur, je vous suis très reconnaissant de votre hospitalité, et je vous supplie humblement de m'accorder votre pardon. Votre courtoisie fut si grande que je ne pensais pas vous offenser en emportant un si petit souvenir.

— Ce ne sont que des paroles ! hurla la Bête avant d'enjamber le mur comme s'il n'avait pas existé.

Elle se déplaçait et s'habillait comme un homme, ce qui la rendait plus terrifiante encore. Son costume était de velours bleu, avec de la dentelle au col et aux poignets. Ses bottes étaient noires. Le cheval eut un mouvement de recul, mais ne s'emballa pas.

— Vos flatteries ne vous sauveront pas de la mort que vous méritez !

— Hélas ! soupira Père en tombant à genoux. Je vous en supplie, pardonnez-moi. J'ai déjà eu tant de malheurs.

— Vos malheurs semblent vous avoir privé de votre sens de l'honneur, grommela la Bête, qui semblait néanmoins prête à l'écouter.

Au comble du désespoir, Père lui raconta toutes ses mésaventures, et conclut :

— Je m'en voulais tant de ne pas rapporter à ma fille Belle son petit paquet de graines de rosiers ; et quand j'ai vu votre magnifique jardin, je me suis dit que je pourrais au moins lui offrir une rose. Je vous en supplie, pardonnez-moi, Monseigneur ; je vous assure que je ne cherchais pas à vous offenser.

La Bête réfléchit un moment, puis :

— Je vous épargne à une condition : c'est que vous me donniez l'une de vos filles.

— Ah ! s'écria Père. Cela m'est impossible. Vous me reprochez de manquer de sens de l'honneur, mais je ne suis pas un père indigne au point de vouloir échanger ma vie contre celle de l'une de mes filles !

La Bête ricana.

— Pour un peu, marchand, vous remonteriez dans mon estime. Et puisque vous vous défendez avec courage, laissez-moi vous rassurer : votre fille n'aura rien à craindre de moi, ni de qui que ce soit sur mes terres.

Il balaya l'espace d'un bras, désigna le château.

— Cependant, si elle vient ici, il faudra que ce soit de son plein gré, parce qu'elle vous aime suffisamment pour vouloir vous sauver la vie… Il faudra qu'elle ait du courage, aussi, pour accepter de se séparer de vous tous.

Il marqua une pause ; seul le souffle du cheval brisait le silence. Père dévisagea la Bête, incapable de détourner son regard.

— Je vous accorde un mois, précisa la Bête. Au bout de ce délai, vous reviendrez ici, avec ou sans votre fille. Vous trouverez facilement mon château : il vous suffira de vous perdre dans la forêt, c'est lui qui vous trouvera. N'allez pas vous imaginer que vous pourrez échapper à ce sort. Si vous n'êtes pas de retour dans un mois, j'irai à votre recherche !

Père était à court de mots : il disposait d'un mois pour dire adieu à tout ce qui lui était cher. Il remonta en selle avec peine, car la Bête était tout près, et le cheval, très énervé, refusait de rester en place. Comme il agrippait les rênes, la Bête se rapprocha.

— Donnez cette rose à Belle, et au revoir. C'est par là…

Il montra le portail scintillant au loin. Père avait complètement oublié la fleur. Il la prit timidement entre ses doigts.

— N'oubliez pas votre promesse ! lui rappela la Bête, avant de frapper la croupe du cheval, qui bondit en avant avec un hennissement de frayeur et partit au galop. Les battants s'écartèrent à leur arrivée, et ils s'enfoncèrent dans les bois enneigés.

— Je me rappelle assez mal le reste du voyage, avoua Père. Il avait recommencé à neiger. Je tenais les rênes d'une main, la rose de l'autre. Je ne pense pas m'être arrêté avant d'être là.

Père se tut et, bouleversé, contempla les flammes dans la cheminée. Les ombres vacillaient autour de la rose écarlate. Nous étions tous muets, anéantis de comprendre qu'une fois de plus le malheur avait frappé à notre porte. Nous étions dans le même état de torpeur que le soir où nous avions appris que nous étions ruinés. Jamais nous n'avions imaginé que nous pourrions un jour perdre tous nos biens. Mais aujourd'hui, c'était bien pire, puisqu'il s'agissait de la vie de notre père.

Je ne saurais dire combien de temps se prolongea le silence. Je fixai la rose, muette et sereine sur le manteau de la cheminée. Puis j'entendis ma propre voix :

— À la fin du mois, Père, j'y retournerai avec vous.

— Oh, non ! s'exclama Espérance.

— Personne n'ira ! intervint Grâce.

Ger fronça les sourcils, examina ses mains. Père attendit un instant avant de parler :

— Il faudra bien que quelqu'un y aille, Grâce, mais ce sera moi, et j'irai seul.

— Non ! protestai-je.

— Belle…, gémit Espérance.

— Père…, insistai-je Il ne me fera aucun mal. Il l'a dit.

— Nous ne pouvons pas te sacrifier, mon enfant !

— Nous ne pouvons pas te sacrifier, répliquai-je.

Il souleva lourdement les épaules.

— Vous me perdrez bientôt de toute façon. Tu es jeune, ma fille. Je te remercie de ta proposition, mais j'irai seul.

— Je ne propose rien. J'irai.

— Belle ! s'écria Grâce. Tais-toi. Père, pourquoi y aller ? La Bête ne viendra pas jusqu'ici te chercher. Tu es en sécurité, loin du château.

— Mais oui, renchérit Espérance. Ger, dis-le-leur ! Peut-être t'écouteront-ils ?

Ger poussa un profond soupir.

— Je regrette, ma chère Espérance, mais je suis d'accord avec ton père et Belle. Il n'y a aucun moyen d'échapper à notre destin.

Espérance reprit son souffle, puis fondit en larmes. Elle enfouit son visage au creux de l'épaule de Ger, et il lui caressa gentiment les cheveux.

— S'il n'y avait pas la rose, je ne le croirais pas..., poursuivit-il tout bas. Je m'en veux terriblement, j'aurais dû mieux vous mettre en garde. On raconte depuis des siècles toutes sortes d'histoires étranges à propos de cette forêt. Je n'aurais pas dû faire la sourde oreille.

— Tu n'as pas fait la sourde oreille ! répondis-je. Tu nous as bien dit de ne pas y aller, que c'était dangereux, et que...

— Tu n'aurais rien pu empêcher, mon gendre. Ne t'inquiète pas pour cela et, surtout, ne te sens coupable de rien. Tout est ma faute : je n'aurais pas dû prendre un tel risque par mauvais temps. C'est ma faute, répéta Père, et personne ne paiera à ma place.

— C'est vrai que nous avons entendu de drôles de légendes à propos de ces bois, fit remarquer Grâce. Molly nous a parlé d'une créature qui se nourrit de tout ce qui marche ou vole, ce qui explique qu'il n'y ait pas de gibier. Elle nous a parlé aussi du château qui attire inexorablement les voyageurs en son sein...

Nous n'avons rien dit, avec Espérance, nous avions peur que vous ne vous moquiez de nous.

Je jetai un coup d'œil en direction de Ger : ce qu'il m'avait expliqué deux années auparavant n'avait plus jamais été évoqué.

Espérance avait cessé de pleurer.

— Oui, nous n'avons pas pris au sérieux ce que nous considérions comme des bêtises. D'ailleurs, nous n'avions pas besoin de cela pour rester loin de la forêt.

Les larmes ruisselèrent de nouveau sur ses joues, mais elle se redressa tandis que Ger mettait un bras réconfortant sur ses épaules.

— Père… Tu peux rester, n'est-ce pas ?

Mais Père hocha la tête de droite à gauche.

— Qu'y a-t-il dans vos sacoches ? demanda tout à coup Ger.

— Oh, pas grand-chose. Un peu d'argent. Je pensais que nous pourrions acheter une vache, au lieu de rapporter du village le lait pour les bébés et… Mais il n'y en a sans doute pas assez.

Ger se leva, sans lâcher la main d'Espérance, se mit à genoux devant les bagages dans le coin de la pièce. Pour des raisons inconnues, Grâce et Espérance, qui se comportaient en général comme de parfaites maîtresses de maison, les avaient abandonnés à leur triste sort.

— J'ai remarqué hier qu'ils étaient très lourds.

— Ah, bon ? Ils ne le sont pas, enfin… ils ne peuvent pas l'être. Je n'avais presque rien.

Père rejoignit Ger, et ce dernier souleva un rabat. Les yeux ronds, il sortit deux douzaines de bougies de cire fine, une nappe de lin bordée de dentelle délicate, plusieurs bouteilles de bon vin, une autre de cognac, un tire-bouchon en argent surmonté d'une tête de griffon aux yeux en rubis ; il y avait aussi, enveloppé dans une pochette de cuir souple, un couteau au manche d'ivoire sculpté en forme de cerf. Au fond du sac, empilées sur la profondeur d'une main, des pièces d'or, d'argent, de cuivre et de bronze, et parmi elles, trois boîtes en bois, chacune incrustée d'une initiale en nacre : G, E et B.

— Grâce, Espérance et Belle, murmura Père, en nous les tendant à chacune.

Celles de mes sœurs étaient remplies de bijoux, chaînes en or, rangs de perles, diamants, émeraudes, boucles d'oreilles en topaze, bracelets sertis de rubis, bagues d'opale…

La mienne était pleine de petits bouts brun-verdâtre, plus ou moins ronds. J'en pris une poignée et les laissai couler entre mes doigts. Et soudain, j'éclatai de rire.

— Des graines de rosiers ! m'exclamai-je. Cette Bête a au moins le sens de l'humour. Peut-être nous entendrons-nous assez bien, au fond.

— Belle, je refuse de te laisser partir, déclara Père.

— Que vas-tu faire ? M'attacher ? J'irai. Qui plus est, si tu ne promets pas tout de suite de m'y emmener à la date promise, je partirai dès cette nuit, pendant ton sommeil. Il me suffit de me perdre dans la forêt pour retrouver le château, non ?

— C'est impossible ! geignit Espérance. Il doit y avoir un moyen…

— Aucun, affirma Père.

— Tu en es persuadé, toi aussi ? demanda Grâce à Ger.

Il opina.

— Dans ce cas, je le suis, chuchota-t-elle. L'une d'entre nous doit y aller. Mais pas toi, Belle. Moi.

— Non. La rose était pour moi. Je suis la plus jeune, et la plus laide. Le monde ne perdra rien en me perdant. De toute façon, Espérance serait incapable de s'occuper seule des bébés, alors que moi, je ne sais que jardiner ou couper du bois. N'importe quel jeune du village pourra le faire à ma place.

Grâce me dévisagea longuement.

— Tu sais bien que j'ai toujours le dernier mot, ajoutai-je.

— Je te vois bien décidée, répliqua-t-elle. Et j'ai du mal à comprendre pourquoi.

Je haussai les épaules.

— Après tout, j'ai dix-huit ans. Je suis prête pour l'aventure.

— Je ne peux p..., commença Père.

— Il est inutile de chercher à l'en dissuader, décréta Ger.

— Tu te rends compte de ce que tu dis ? explosa Père en se levant. J'ai vu cette Bête, ce monstre, cette horreur, pas toi ! Et tu acceptes que je donne à ce... que je lui donne la plus jeune de mes filles, ta belle-sœur, en échange de ma vie ?

— C'est toi qui ne comprends pas, Père. Nous ne demandons pas que je sois tuée à ta place, mais simplement que je te sauve la vie. Cette Bête ne m'effraie pas. Pour aimer tant les roses, elle ne peut être à ce point méchante.

— Mais c'est une Bête, murmura Père.

Je sentis qu'il faiblissait, et m'efforçai de le consoler.

— Une Bête peut se dompter, non ?

Comme Grâce un peu plus tôt, Père me dévisagea.

— J'ai toujours le dernier mot, Père...

— Oui, mon enfant, je le sais, et aujourd'hui, je le regrette. Tu veux l'impossible et pourtant… Bien. Nous irons ensemble, à la fin du mois.

— Tu ne verras pas tes roses éclore, murmura Espérance.

— Je les planterai dès demain. Elles sont certainement enchantées, elles aussi. Avec un peu de chance, je les verrai.

2

Cette nuit-là, je ne parvins pas à m'endormir. Père était monté immédiatement après avoir accepté de m'emmener avec lui au château de la Bête à la fin du mois. Il nous avait quittés sans un mot de plus, et, craignant un assaut de questions, je l'avais suivi à peine quelques minutes plus tard.

Assise sur mon lit, je contemplai la forêt paisible, les rayons de lune argentés sur la neige immaculée. Tout était calme, serein. Le silence n'avait rien d'inquiétant ; tous les secrets que renfermaient ces bois étaient parfaitement gardés, au point que leur existence même était inimaginable.

Ainsi, j'avais obtenu gain de cause. J'irais supplier la Bête de me prendre à la place de mon père. La question de Grâce me revint à l'esprit, et je me remémorai l'air abattu de Père. Oui, au fond, pourquoi étais-je si décidée ?

— Si seulement je le savais ! m'exclamai-je à voix haute.

J'étais certaine d'avoir raison, certaine que c'était à moi et pas à une autre de remplir cette obligation ;

mais ce sens du devoir, s'il s'agissait bien de cela, n'expliquait pas l'intensité de mes émotions.

J'avais monté avec moi la boîte en bois ornée de mon initiale. J'en versai tout le contenu sur mon lit ; les petites graines dégringolèrent sans bruit, suivies d'un autre objet, d'un jaune glacé dans la pénombre, un objet qui rebondit et résonna en tombant, faisant gicler les graines dans tous les sens. C'était une bague en forme de griffon, comme le manche en argent du tire-bouchon que nous avions sorti des sacs de Père. Mais celui-ci était en or, et dans sa bouche ouverte brillaient des crocs étincelants, en diamants ; ses ailes largement déployées formaient l'anneau : elles se chevauchaient à l'arrière, près de la paume de la main. Élégante et racée, le cou arqué, la tête en arrière, la créature se dressait toutes griffes dehors. Mais elle n'avait rien de diabolique ou de menaçant. Elle était fière. Je glissai mon doigt dedans (la taille était parfaite), puis rangeai précipitamment toutes les graines dans le coffret. Je n'avais plus que quelques heures de sommeil devant moi, et je ne pouvais plus me permettre de gâcher une journée en étant fatiguée, surtout après tout ce qui venait de se passer. J'avais devant moi quatre semaines. Ou plus exactement, trois semaines et cinq jours.

Je rêvai du château que nous avait décrit Père. Je marchais vite dans d'interminables corridors aux plafonds très hauts. Je cherchais quelque chose, et m'inquiétais de ne rien trouver. Apparemment, je connaissais bien les lieux : je n'hésitais pas au détour des couloirs, je gravissais un escalier, j'en descendais un autre, j'ouvrais des portes, mais je ne m'attardais jamais pour admirer les pièces somptueusement décorées, les fresques, les tableaux, les meubles sculptés…

Je me réveillai frissonnante, aux premières lueurs de l'aube. Je me levai, m'habillai très vite, regardai ma main. Un bref instant d'hésitation, et j'enlevai la bague, que je cachai sous mon oreiller. Précaution bien inutile, puisque j'étais seule à monter dans ma petite chambre au grenier. J'achevai de lacer mes bottines tout en descendant l'escalier, mais ces deux actions étant plutôt délicates à réaliser simultanément, je dus recommencer l'opération bottines en arrivant dans la cuisine.

Le silence était omniprésent depuis le retour de Père, mais, aujourd'hui, il revêtait une autre qualité. La veille, nous avions tous craint un avenir inconnu ; à présent, nous savions ce qu'il nous réservait, mais notre peur demeurait. Personne ne parla au cours du petit déjeuner, sauf les bébés ; je fus la première à quitter la table.

En sortant, je fronçai les sourcils. La neige tombée pendant la tempête avait fondu rapidement, avec le soleil de l'après-midi, et ce qui en restait ne tarderait pas à disparaître, car l'air était doux. Mais le sol était encore trop dur pour y planter quoi que ce fût. Et si par chance je parvenais à y creuser quelques trous, les graines ne se plairaient guère dans cette terre trop froide.

— Après tout, me dis-je, elles sont magiques. Je verrai bien.

J'empruntai à Ger un pic, j'allai chercher parmi mes outils de jardinage une bêche et me mis à creuser une étroite tranchée autour de la maison, le plus près possible du mur : la terre y était sans doute plus hospitalière qu'au milieu de la prairie ou du potager. À l'heure du déjeuner j'étais épuisée, moite de transpiration, mais j'avais semé mes graines, et je les avais recouvertes ; il m'en restait quelques-unes, que j'avais l'intention de planter le long de l'écurie et le long de la forge. Personne ne m'avait fait la moindre réflexion, pourtant j'avais négligé mes tâches habituelles et ne m'étais occupée ni des chevaux ni du bois.

Au repas de midi, Grâce prit la parole.

— Je ne peux pas m'empêcher, comme nous nous y efforçons apparemment tous, de penser à ce que nous avons décidé, ou plutôt à ce que Belle a décidé pour nous hier soir. Belle, ma petite sœur chérie, je ne vais pas essayer de te dissuader de partir, mais...

Elle marqua une hésitation avant de poursuivre :

— Que pourrions-nous faire pour toi ? Peut-être souhaiterais-tu emporter quelque chose ?

Je compris au son de sa voix qu'elle avait la sensation de ne m'offrir qu'un fil de soie pour bâtir un pont au-dessus d'un ravin.

— Tu seras si seule ! intervint timidement Espérance. Tu n'entendras même plus le chant des oiseaux dans les arbres.

Notre canari nous régalait de sa chanson de début-d'un-après-midi-ensoleillé-pré-printanier.

Un court silence suivit, et je contemplai ma soupe, perdue dans mes pensées. Je ne voulais rien prendre avec moi, seulement les vêtements que je porterais, et une tenue de rechange (c'était d'ailleurs à peu près tout ce que je possédais). Je leur laisserais la robe que j'avais mise pour le mariage d'Espérance : le tissu servirait à la confection d'habits pour les jumeaux. Quant à la jupe que je réservais pour la messe, il suffirait d'une légère retouche, et l'une ou l'autre de mes sœurs pourrait en profiter. Si la Bête me voulait resplendissante, elle n'aurait qu'à me confier à son tailleur. Je me remémorai la manière dont Père avait décrit le costume de velours et de dentelle, et songeai que, dans mon rêve, j'avais une robe somptueuse et de ravissants souliers de cuir souple. Je les sentais presque sur mes pieds, au lieu de mes vilaines bottines. Je continuai à fixer obstinément les haricots, les carottes et les oignons dans mon potage. Avec ma cuiller, j'en modifiai distraitement la disposition. Ger prit la parole.

— Grandcœur lui tiendra compagnie, au moins.

Je relevai la tête.

— Je pense me rendre jusque là-bas avec lui, mais je le renverrai avec Père. Vous avez besoin de lui ici.

— Non, ma chère, répliqua Ger d'un ton ferme qui ne lui était pas coutumier. Si tu pars sans lui, il cessera de s'alimenter. Tu dois l'emmener avec toi.

Je posai mon couvert.

— Tais-toi, Ger, ne me taquine pas, je t'en prie. Je ne peux pas l'emmener avec moi. Vous avez besoin de lui ici, répétai-je.

— Nous nous débrouillerons sans lui, insista Ger, d'une voix redevenue sienne. N'oublie pas que nous possédons maintenant un cheval de plus. Si c'est absolument nécessaire, nous en achèterons un autre, avec l'argent que ton père a rapporté de la ville. Aucune bête ne vaudra jamais Grandcœur, mais nous nous en arrangerons.

— Mais…

— Emmène-le ! insista Espérance. S'il est avec toi, nous aurons peut-être un peu moins l'impression de t'avoir perdue à jamais.

Elle se tut brusquement, tripota sa serviette.

— Grandcœur est à toi, tu sais, ajouta Ger. Il est adorable, mais c'est toi qu'il écoute, toi qu'il guette. J'exagère sans doute un peu en affirmant qu'il ne se nourrirait plus, mais il est certain qu'il ne ferait plus de prodiges, ni pour moi, ni pour les autres. Il ne serait plus qu'un bon cheval solide.

— Mais…, repris-je en balbutiant.

Pour la première fois, je sentis les larmes me piquer les yeux ; je me rendais compte que la séparation d'avec ma famille me serait beaucoup moins pénible si j'avais Grandcœur avec moi.

— Cela suffit, décréta Père. Je suis d'accord avec Espérance : que Grandcœur soit avec toi sera au moins une consolation pour nous. Si tu étais un peu moins entêtée, ma fille, tu en aurais conscience… Comprends-tu, mon enfant ? conclut-il avec un peu plus de gentillesse.

J'acquiesçai d'un signe du menton ; je n'osais plus ouvrir la bouche, de peur de fondre en larmes. Je ramassai ma cuiller. La tension était tombée, nous étions redevenus une vraie famille, discutant du temps, des tâches à accomplir dans les semaines à venir… et des préparatifs concernant le proche voyage de la cadette. Nous avions enfin admis l'inadmissible, nous étions prêts à affronter le destin.

Ces dernières semaines s'écoulèrent à toute allure. Mon départ étant une fois pour toutes accepté, il n'imposa que fort peu de changements dans le cours de notre existence quotidienne. Pour les gens du village, nous avions inventé une tante très âgée qui, n'ayant pas d'héritier, avait proposé de recueillir l'une d'entre nous chez elle ; j'étais l'heureuse élue puisque j'étais la plus jeune ; je profiterais ainsi de cette aubaine pour reprendre mes études. Tous mes amis étaient désolés d'apprendre mon départ, mais heureux pour moi de cette « grande chance » qui m'était offerte.

— Il faudra venir nous rendre visite quand tu auras des vacances, insista Mélinda. Elle te laissera rentrer de temps en temps, non ?

— Oh, oui, je t'en supplie, reviens nous voir ! ajouta Molly. Je veux tout savoir sur la ville.

Mélinda renifla : elle avait horreur de la ville et ne voulait surtout pas en entendre parler. Elle trouvait que, tout compte fait, nous avions bien survécu à notre handicap ; et bien qu'approuvant ma décision, les vieilles tantes étant de ces personnes à qui l'on doit respect et obéissance, elle s'inquiétait des risques encourus.

— Elle connaît déjà la ville, déclara sèchement Mélinda.

Molly devint écarlate : elle n'avait jamais osé nous interroger sur notre vie d'« avant », que nous avions quittée dans l'affolement.

— Quoi qu'il advienne, nous te souhaitons beaucoup de bonheur, poursuivit Mélinda. Mais avant que nous te laissions, promets-nous de venir nous embrasser quand tu rendras visite à ta famille.

— Je n'y manquerai pas, si je reviens, bredouillai-je, mal à l'aise. Merci pour tout.

Mélinda parut un peu surprise par ma réponse, et lança à la cantonade :

— Cette tante n'est tout de même pas un ogre !

Elle me serra dans ses bras, bientôt imitée par Molly, puis toutes deux s'en allèrent. Nous étions dans la cuisine. Père fumait la pipe, l'air songeur ; Grâce épluchait des pommes de terre, Espérance donnait à manger aux bébés ; quant à moi, j'étais en train de réparer la sous-gorge de la bride de Grandcœur. Ger était encore à la forge. Nous n'avions pas du tout évoqué la durée de mon absence : les paroles de la Bête laissaient entendre que la séparation serait éternelle ; cette perspective nous effrayait tous autant les uns que les autres, aussi préférions-nous ne pas aborder le sujet.

J'éprouvai tout à coup le besoin irrésistible de briser le silence :

— Cette tante-ogre est peut-être moins fictive qu'il n'y paraît. Je vais probablement pouvoir me remettre à mes études : je suppose que la Bête possède une bibliothèque bien fournie, dans son grand château. Il faut bien s'occuper. Prendre soin de ses roses et effrayer les voyageurs perdus ne suffit pas pour passer ses journées !

Père hocha la tête.

— On ne peut pas le savoir. C'est une Bête.

— Une Bête qui s'exprime comme un homme, lui rappelai-je. Peut-être lit-elle aussi comme un homme.

Grâce acheva de trancher ses pommes de terre et les disposa dans une poêle où rissolaient déjà des oignons. Depuis que nous avions abandonné la ville, j'avais appris à aimer ce plat. Je me demandai si j'en aurais au château. Penaude, je me dis que si, cinq ans plus tôt, la cuisinière m'avait présenté un menu aussi humble, je l'aurais refusé.

— Belle, tu pars du principe que tout le monde est comme toi, dit Grâce. Mais pour beaucoup, lire est un exercice fastidieux. Et je ne parle pas d'étudier le latin ou le grec !

— J'ai presque pitié de cette Bête, intervint Espérance d'un ton enjoué, tout en essuyant le menton de Richard. Je me rappelle encore Belle essayant à tout prix de m'enseigner les déclinaisons, alors que je n'avais aucune envie de les apprendre !

— Taisez-vous ! ordonna soudain Père d'une voix sévère.

Le dîner était prêt. Ger entra à ce moment précis, et la conversation s'arrêta. Il me tendit un bout de cuir très mince.

— Tiens ! J'ai pensé que cela pourrait te rendre service. Le tien est trop usé.

— Merci.

— À table ! annonça Grâce.

L'hiver s'éloignait : la tempête avec laquelle Père était rentré fut la dernière de l'année, et le printemps prit le relais. Le ruisseau de la forêt arracha les derniers glaçons accrochés à ses rives et les emporta dans ses tourbillons. Le sentier menant de la maison à l'atelier se transforma en chemin de boue. Grâce était obligée de balayer les pièces du bas deux fois par jour, et moi, de nettoyer régulièrement le poitrail et le harnais de Grandcœur, tout en demeurant incapable de garder ses bas de jambes blancs.

Pendant trois semaines, mes plates-bandes de rosiers demeurèrent désespérément nues. Je craignais que les graines ne fussent emportées par la boue, car je n'avais pu les planter très profondément. Et puis, le temps passant, je me mis à me reprocher avec de plus en plus de sévérité ma folie : jamais je n'aurais dû les semer si tôt ! Mes roses étaient perdues, personne n'en profiterait, et tout cela à cause de moi, qui avais eu la bêtise de les croire magiques !

La rose sur le manteau de la cheminée était toujours aussi belle et aussi fraîche que le jour où Père me l'avait rapportée. Aucun autre pétale n'était tombé. Elle buvait à peine. Grâce l'avait placée dans un grand vase en cristal, trésor parmi tant d'autres que nous avions trouvé dans les sacs de cuir.

Et puis, sept jours avant notre grand périple dans la forêt enchantée, je vis trois petites pousses vertes, le long du mur de l'écurie. Retenant mon souffle, je les contemplai, puis courus vers la maison pour voir s'il y en avait d'autres. J'en vis au moins une dizaine, en rang sous la fenêtre de la cuisine qui s'ouvrait sur les bois. Il ne s'agissait pas de mauvaises herbes, j'en avais la certitude, tout en pensant que c'était peut-être simplement une facétie de mon imagination. J'en repérai ensuite quelques-unes à l'avant de la maison, et deux autres, minuscules, devant la forge. C'était le matin, et je devais aller nourrir les chevaux. Lorsque je revins à l'écurie, je vis *cinq* pousses. Sans doute n'avais-je pas vu les deux dernières tout à l'heure…

De retour à la maison pour le repas de midi, je découvris devant le mur donnant sur la forêt toute une rangée de pointes vertes, bien droites, dont quelques-unes mesuraient au moins cinq centimètres de haut !

— Mes roses ! hurlai-je. Venez vite voir mes roses !

Elles se mirent à pousser si vite que je me surprenais sans cesse à les observer du coin de l'œil, comme si j'allais les prendre en flagrant délit d'épanouissement. À tout instant, je m'attendais à voir une feuille se dérouler, une tige grimper sur le côté de la maison, de l'écurie ou de la forge. Les semis les plus proches des bois se portaient le mieux. Le cinquième jour, j'aperçus les premiers boutons ; le sixième jour, ils gonflèrent jusqu'à ce qu'apparaissent à leur bout des pointes de rouge et de rose. Je devais partir avec Père le lendemain.

Une fois de plus, cette nuit-là, je fus incapable de m'endormir. Après le dîner, oppressée, j'étais sortie me promener dans la prairie. J'entendis bien le chant du ruisseau, mais sans en comprendre les paroles. J'avais la sensation qu'il me reprochait ma lourdeur d'esprit, et que les galets sur les rives me narguaient. Je me rendis à l'écurie, sachant que tout y était parfaitement en ordre. J'avais pansé Grandcœur jusqu'à ce qu'il fût brillant comme un marbre poli, j'avais brossé sa crinière et sa queue avec une telle ardeur qu'il avait dû se demander ce qui n'allait pas. Depuis quelques jours, pressentant peut-être un changement, il était nerveux, lui qui se montrait en général si placide. Et s'il avait paru rassuré de m'avoir près de lui, il remua anxieusement les oreilles lorsque je soufflai enfin la lanterne en partant.

— Ne t'inquiète pas, le consolai-je. Tu viendras avec moi.

Sous son œil attentif, je fermai la porte de l'écurie. La lune était aux trois quarts pleine, quelques nuages épars dansaient dans le ciel. Dans la forêt, seul le bruissement des arbres brisait le silence.

Je rentrai pour monter me coucher immédiatement, ne m'arrêtant au passage que pour saluer d'un signe de tête les membres de ma famille ; en dépit de l'heure tardive, tous étaient assis devant le feu, chacun s'occupant à sa manière.

— Tu es prête ? s'enquit doucement Ger.

— Oui. Bonne nuit.

Parvenue à l'étage, je marquai une pause au pied de l'échelle menant à mon grenier. D'ici, la forêt était différente. J'étais habituée à l'observer de plus haut, ou du rez-de-chaussée. Intriguée par cette différence que je n'arrivais pas à définir, je me penchai par une fenêtre. Un murmure de voix me parvint du bas, et sans le vouloir, j'entendis Ger :

— Pauvre Ferdy. Je lui ai dit de ne pas venir avant demain après-midi.

Le vœu qu'avait fait mon beau-frère d'engager le jeune garçon à plein temps pour lui transmettre tous les secrets de son art allait se réaliser : Ferdy viendrait désormais chaque jour, et partagerait son temps entre la forge et les corvées de bois. Bientôt, après mon départ, il serait invité à loger sur place. Il prendrait l'ancienne chambre de Ger, Espérance ayant décrété avec force que personne ne devait toucher à la mienne.

Comme tous les autres habitants du village, Ferdy savait depuis trois semaines que je m'en allais. Ger le lui avait annoncé en ma présence, alors que je l'aidais à ferrer un cheval facétieux. Ferdy était demeuré silencieux de longues minutes après que Ger avait parlé. Puis il avait dit, très simplement :

— Je te souhaite bonne chance, Belle.

Ensuite, il m'avait ostensiblement évitée, et n'était plus jamais resté dîner avec nous.

— Pauvre Ferdy, renchérit Espérance.

Les rosiers s'agrippaient maintenant tout autour de la fenêtre. Sur le rebord, j'avisai un énorme bouton, prêt à éclore. J'ôtai mes bottines et montai sans bruit.

Mais le sommeil ne vint pas. J'avais préparé le peu que je voulais emporter, mes livres et quelques vêtements ; mon sac attendait par terre. Aux premières lueurs de l'aube, je le descendrais et l'installerais sur le dos de Grandcœur. Je m'enveloppai dans une couverture et me blottis à la tête du lit, où je pouvais m'adosser contre le mur pour regarder la nuit au-dehors. Je n'avais plus porté la bague depuis le premier soir, mais je l'avais toujours avec moi, dans ma poche. Je n'aimais pas la laisser dans ma chambre : j'y pensais sans cesse, alors que quand je l'avais avec moi, curieusement, sa présence me réconfortait. Elle était en quelque sorte le symbole de mon avenir ; je la considérais comme le gage d'un bonheur futur. Cette fois, cependant, je l'extirpai de sa cachette et la mis à mon doigt.

Je dus m'assoupir, car je me retrouvai de nouveau dans le château, traversant des dizaines de pièces magnifiquement décorées, à la recherche de quelque chose. J'étais plus pressée, plus anxieuse que dans mon tout premier rêve. J'avais aussi la curieuse sensation de n'être plus tout à fait seule. Je me surpris en larmes, poussant des portes, inspectant rapidement des salles, repartant précipitamment… Je me réveillai en sursaut. Le soleil se levait. Je vis tout de suite les trois roses, s'épanouissant dans la pénombre. Deux d'entre elles étaient rouges, d'un rouge foncé comme celui de la fleur sur le manteau de la cheminée ; la troisième était blanche, veinée d'abricot. Je ne m'étais pas rendu compte que les rosiers étaient montés aussi haut. J'ouvris la fenêtre et me penchai pour découvrir avec ravissement que tout ce pan de la maison était recouvert de fleurs écloses. J'aperçus, au loin, le mur de l'écurie, tout aussi garni.

— Merci, chuchotai-je.

Je refermai la fenêtre et m'habillai avec empressement. Je décidai qu'aujourd'hui je devais porter le griffon. Le coffret en bois qui avait contenu les graines de rosiers était rangé au fond de mon bagage. Je fis soigneusement mon lit, lissai plus que de coutume les couvertures. Puis j'hésitai, embrassai d'un ultime regard ma chambre, avant de descendre pour la dernière fois mon échelle de meunier. Ma grosse malle était poussée dans un coin, le lit contre l'un des murs. Mes livres n'étaient plus empilés sous la petite fenêtre, juste en face. La plus grosse des roses rouges effleurait maintenant le carreau d'une caresse de pétale velouté. Cédant à une soudaine impulsion, j'allai rouvrir pour la cueillir. La fleur tomba avec grâce dans ma main. Je pivotai sur mes talons et descendis, mon sac sur l'épaule.

Dans le jardin, je rencontrai Grâce, qui revenait vers la maison, son tablier rempli d'œufs. Elle réussit à esquisser un sourire et m'annonça :

— Je vais les préparer avec un peu de beurre.

Nous ne prenions du beurre que lors des grandes occasions.

Lorsque j'eus harnaché Grandcœur et le cheval de Père, les rayons du soleil se faufilaient entre les branchages. Je glissai la rose que j'avais cueillie sous la têtière de bride de Grandcœur et rentrai déjeuner. Passant sans bruit par la porte de la salle de séjour, je m'attardai un instant devant la cheminée. La rose magique fanait enfin, les extrémités de ses pétales brunissaient ; beaucoup d'entre eux étaient déjà tombés, et parmi eux scintillait la feuille d'or. J'entendis des bruits dans la cuisine.

Le repas fut silencieux. Dès que je le pus, je me levai. Je m'arrêtai brièvement avant de sortir, me tournai vers Grâce.

— Les œufs étaient excellents.

Elle parut figée dans sa douleur, et je m'adressai à la pile d'assiettes qu'elle tenait dans les mains.

— Mcrci, achcvai-jc.

Grandcœur s'impatientait. Il sortit précipitamment de son box, me tirant avec une telle force qu'il faillit me démettre l'épaule. Il remua la tête, effectua quelques pas dansants. Odyssée, le cheval de Père, était plus calme. J'enroulai ses rênes autour de mon bras, tout en m'efforçant de maîtriser Grandcœur. Ce dernier eut l'audace de se cabrer, me soulevant de quelques centimètres dans les airs. Mais il se rendit compte assez vite de sa folie et revint sur terre, tout penaud. Tous les membres de la famille s'étaient réunis devant la porte de la cuisine. Grâce et Espérance se tenaient sur le seuil de la maison, chacune un bébé dans les bras. Père et Ger étaient une marche plus bas. Resplendissantes, les roses rehaussaient de leurs couleurs chatoyantes la grisaille des murs, la fadeur des vêtements, la pâleur des visages.

Ger s'approcha, s'empara de la bride de Grandcœur, qui eut un frémissement mais ne se rebella pas.

— Je le tiens pendant que tu…

Les mots moururent sur ses lèvres. J'acquiesçai. Père se chargea d'Odyssée pendant que je me dirigeais vers mes sœurs.

— Eh, bien ! Voilà…, murmurai-je en les embrassant tour à tour, ainsi que les bébés.

Miséricorde et Richard n'avaient pas la moindre idée de ce qui se passait, mais l'atmosphère était tellement pesante qu'ils avaient, eux aussi, des airs solennels. Miséricorde enfonça un poing dans sa bouche, Richard gémit. Espérance le berça avec douceur.

— Au revoir, dis-je.

Mes sœurs ne répondirent pas. Je me détournai et rejoignis les chevaux. Père était déjà en selle. Grandcœur m'observait avec attention, mais à mon arrivée, il fit un grand bond en avant. Ger dut user de toutes ses forces pour le retenir. Grandcœur céda, l'écume à la bouche.

— Ah ! m'exclamai-je tout à coup. Toutes les affaires qui sont dans les sacs de Père… j'espère que vous vous en servirez. Ce n'est pas… Enfin… Je veux dire que…

Toutes deux opinèrent. Grâce m'accorda un timide sourire. Espérance cligna des yeux, et une grosse larme roula sur sa joue. Richard se mit à crier. J'hésitai encore.

— Servez-vous de toute cette argenterie, le jour de mon anniversaire ! conclus-je enfin, sans trop savoir pourquoi.

Grandcœur hochait la tête avec vigueur, mais restait à présent calme. De sa main libre, Ger m'enlaça, puis il m'embrassa sur le front.

— Je te hisse là-haut.

Le cheval resta immobile comme la pierre, soupira lorsque je fus en place. Je me penchai pour rétablir la position de la rose sous la têtière.

— Prêt, Père ?

— Prêt.

Ger recula d'un pas.

Je tournai Grandcœur en direction de la forêt, et il avança au trot, suivi de près par Odyssée. À la lisière des bois, je m'arrêtai pour agiter la main. Ger leva la sienne. Tandis que les arbres se resserraient autour de nous, j'entendis les pleurs éperdus de Richard. Je fis accélérer mon cheval, qui partit au grand galop.

Lorsque enfin je l'arrêtai dans son élan, nous étions entourés d'arbres immenses ; au sol, les ronces avaient cédé place à la mousse. Je vis quelques violettes, quelques taches de neige, et par-ci, par-là, des petites fleurs jaunes dont je ne connaissais pas le nom. L'air était frais ; les rayons de soleil coulaient entre les feuillages, mais ne diffusaient aucune chaleur. Les troncs s'élevaient, droits et lisses, bien au-dessus de nos têtes. J'entendis au loin les gargouillis d'un ruisseau ; tout était parfaitement immobile, et seul le bruit des pas de nos montures troublait la tranquillité. Père était derrière moi. Je renversai la tête, aperçus quelques bouts de ciel bleu. J'aspirai une grande bouffée d'air, et pour la première fois depuis des jours et des jours, je sentis mon cœur s'alléger. Lorsque Père me rattrapa, je soupirai :

— C'est une belle forêt.

Il me sourit.

— Tu es courageuse, ma fille.

— Non, non, je suis sincère.

— Tant mieux. Pour ma part, je suis assez oppressé.

Nous poursuivîmes encore quelques minutes notre chemin, puis Père s'exclama :

— Regarde !

Je vis au loin un ruban clair se faufilant parmi les arbres. Bientôt, je le reconnus : c'était la route qui menait au cœur de la forêt, et au château.

TROISIÈME PARTIE

1

J'étais pressée d'arriver ; je savais que Père était sur le point de me supplier de faire demi-tour et de le laisser aller seul jusqu'au château. Quoi qu'il dise, j'étais bien décidée à ne pas lui céder, mais je ne pouvais m'empêcher de douter de mon courage. Je voulais surtout rester digne. Si Père parlait maintenant, je me mettrais sûrement à pleurer, et la fin du voyage serait pénible. Je ne cessais de me remémorer les cris de Richard, et toutes ces roses splendides encadrant Grâce, Espérance et Ger debout face à la forêt. J'essayais de me rassurer en me répétant que ces bois n'étaient pas hostiles, mais plus nous avancions, plus j'avais du mal à entretenir ces fausses espérances. J'obligeai Grandcœur à accélérer un peu, et Père se laissa de nouveau distancer ; pendant un moment, je n'eus plus à me soucier de rencontrer son regard empli d'inquiétude.

Nous nous arrêtâmes une fois pour les chevaux ; nous avions emporté de quoi nous restaurer, mais nous n'avions faim ni l'un ni l'autre. C'est peu après midi que surgirent devant nous la haie touffue et son portail argenté. Les battants étincelaient comme un mirage dans la brume. Odyssée, qui s'était jusque-là fort bien comporté, tressaillit et se détourna, refusant de s'approcher davantage. Père finit par mettre pied à terre et par entraîner aux rênes la malheureuse bête. Cependant, lorsqu'il tendit la main pour pousser le portail, Odyssée se cabra et s'échappa. Il s'immobilisa à quelques mètres seulement de Père, l'observant d'un œil affolé. Grandcœur s'était figé.

— Père, dis-je tandis qu'il s'efforçait de calmer Odyssée en lui caressant le nez, il est inutile que tu m'accompagnes plus loin. Je sais que le château est au-delà de cette haie. En partant tout de suite, tu seras de retour à la maison pour le dîner.

Ma voix tremblait à peine, mais j'étais heureuse de ne pas avoir à quitter ma selle : mes jambes ne m'auraient sûrement pas soutenue, et je pouvais cacher mes mains tremblantes dans l'épaisse crinière de Grandcœur.

— Mon enfant, il faut que tu rentres à ma place. Je ne peux pas te laisser faire ce sacrifice. Je ne sais pas ce qui m'a pris d'accepter ta proposition. Je devais être fou de penser que je pourrais t'abandonner ainsi.

— Il est trop tard à présent pour revenir en arrière. De toute façon, si tu as cédé, c'est parce que tu n'avais pas le choix.

J'avais la gorge très sèche. J'essayai d'avaler ma salive avant de poursuivre :

— La Bête ne me fera aucun mal. Et puis, peut-être est-ce tout simplement une mise à l'épreuve, une façon de tester notre endurance. Peut-être ne resterai-je pas longtemps.

Jolies paroles, mais je les avais prononcées d'un ton peu convaincu.

— Va-t'en, je t'en prie, insistai-je. Plus tu retarderas ton départ, plus la séparation sera douloureuse.

Intérieurement, je me dis que je ne supporterais pas de voir la Bête le renvoyer.

— Tout ira très bien, le rassurai-je encore.

Je me dirigeai vers le portail, et juste avant que je l'atteigne, les battants s'écartèrent, et je vis une immense prairie d'herbe verte s'étalant à mes pieds.

— Au revoir, Père.

Je me retournai à moitié : Père était prêt à partir. Odyssée se tenait tranquille, mais la raideur de sa posture et ses oreilles dressées prouvaient sa terreur. Un seul geste de la part de Père, et il s'enfuirait au grand galop.

— Au revoir, ma chère petite Belle, murmura-t-il.

J'entendis résonner les battements de mon cœur. Je fis avancer Grandcœur de quelques pas, et le portail se referma derrière moi. Cette fois, je ne me retournai pas.

Le soleil et le parfum de l'herbe me revigorèrent mieux qu'un bon repas ou une nuit de sommeil. J'eus l'impression subitement de me réveiller, d'émerger d'un rêve laissé loin derrière moi dans les ombres de la forêt. Parvenus à la lisière du verger, nous empruntâmes un petit sentier de galets blancs qui menait au château.

Comment décrire les jardins ? Chaque feuille, chaque brin d'herbe, chaque pierre, chaque goutte d'eau, chaque pétale était parfait ; tout, ici, était merveilleux de précision, de netteté, de fraîcheur. Je m'accrochai à la crinière de Grandcœur, tandis qu'il continuait d'avancer d'un pas tranquille.

Le château se dressa devant nous comme un lever de soleil, ses tours jaillissant vers le ciel. Bâti de pierres grises, il reflétait les rayons comme le dos d'un dauphin aux aurores. Je songeai qu'il était aussi grand qu'une ville, et qu'il se composait non pas d'un bâtiment, mais de plusieurs, reliés entre eux par des kilomètres de couloirs et de cours intérieures. J'examinai ce que je voyais des murs s'étirant dans toutes les directions. Je ne pouvais même pas imaginer combien de pièces il renfermait. Tout était silencieux, désert. Enfin… pas tout à fait. Courage !

Grandcœur s'immobilisa devant l'écurie, dont la porte s'était ouverte à notre arrivée. À l'intérieur, le soleil de cette fin d'après-midi filtrait à travers de hautes fenêtres surmontées de vitraux en demi-lune ; ceux-ci représentaient des chevaux de toutes sortes, à l'arrêt, au galop, libres de tout harnachement ou richement caparaçonnés. Comme lors de la visite de Père, le premier box s'ouvrit à notre approche, et la paille acheva de s'étaler dans les coins. Grandcœur dressa les oreilles, surpris par cette litière qui se mettait en place toute seule ; mais lorsque je l'eus débarrassé de son attirail, il parut très intéressé par le mélange de granulés que contenait la mangeoire. À la maison, le menu était moins élaboré.

Sur une étagère à l'extérieur du box était alignée toute une collection de brosses à manche d'ivoire, de peignes et de chiffons doux. Je pansai mon cheval avec soin, en prenant tout mon temps. Je n'avais pas envie de finir, de le laisser là dans l'écurie et d'entrer seule dans le château, où m'attendait certainement la

Bête. Mon hôte avait affirmé à Père que je n'aurais rien à craindre, mais comment en être sûre ? Je me rappelai combien j'avais été anxieuse d'y croire, le soir où Père nous avait narré son aventure, devant l'âtre. Après tout, ce n'était qu'une Bête. Que pouvait-elle me vouloir, au fond ? Comme je l'avais si souvent fait depuis un mois, je m'empressai de chasser mes doutes de mon esprit. Mais j'avais du mal à oublier les histoires que l'on m'avait racontées au sujet d'un monstre insatiable qui hantait les bois et en dévorait tout le gibier. Peut-être la Bête avait-elle des difficultés à s'approvisionner en chair de jeune fille ? Mais j'avais trop coupé de bois, trop transporté de bûches, depuis deux ans et demi, pour être bien savoureuse. Cette réflexion ne me consola guère (la Bête ne s'en apercevrait que trop tard).

Père nous avait expliqué que tout son matériel avait été miraculeusement nettoyé au cours de la nuit. Comme lui, je trouvai les crochets en sortant.

— Je peux m'en charger, non ? m'enquis-je, les yeux en l'air, comme si je m'attendais à rencontrer le regard d'un observateur me guettant des hauteurs. Baissant presque aussitôt les paupières, je fus déconcertée de découvrir à mes pieds un seau rempli d'eau, du savon, des éponges, des chiffons et de l'huile.

— Eh, bien ! C'est ce que tu demandais, non ? m'exclamai-je à voix haute. Merci ! lançai-je.

Comme Père, j'eus la sensation que le silence m'écoutait. Je trouvai cela fort désagréable.

Lorsque j'eus terminé (plutôt deux fois qu'une !), le soleil avait presque disparu. Les lanternes posées sur les poteaux d'entrée des boxes s'allumèrent. Je songeai alors que la perspective de pénétrer dans le château après la tombée de la nuit me réjouissait encore moins qu'un peu plus tôt, en plein jour. Grandcœur avait avalé tous ses granulés et mâchait du foin avec enthousiasme ; de toute évidence, il se souciait peu de mes états d'âme. Je le caressai une dernière fois et sortis, à contrecœur. Il était calme et détendu, comme il l'avait toujours été à la maison jusqu'à ces derniers jours. Je me dis que c'était de bon augure, mais j'avais davantage l'impression d'être trahie à la dernière minute. Je fermai la porte, du moins ma main était-elle dessus lorsqu'elle se ferma. Je me surpris à tourner le griffon autour de mon doigt.

Lorsque je mis le pied dehors, les lanternes des jardins s'allumaient ; le parfum doucereux de l'huile des lampes imprégnait les airs. Seuls le gargouillis des ruisseaux et le son traînant de mes bottines rompirent le silence. Je me sentais minuscule et misérable parmi tant de grandeur. Avec Grandcœur, j'avais plus de dignité, car il était majestueux en dépit de son harnais usé. L'immensité et la solennité de ce nouvel environnement lui convenaient. C'était un peu comme s'il revenait chez lui après un séjour chez les sauvages. Mais la pauvre fille ordinaire, trop petite, mal habillée et tremblante que j'étais n'était pas du tout à sa place. Je regardai autour de moi en clignant des paupières, puis me retournai vers le château. La lumière embrasa aussitôt la cour. L'arche argentée autour de l'énorme porte d'entrée scintilla, et les figurines en relief semblèrent prendre vie : c'était une partie de chasse royale, avec des chevaux, crinière au vent, des bannières et des banderoles ; deux ou trois des cavaliers portaient un faucon encapuchonné sur leur poignet. Il y avait aussi quelques femmes, assises en amazone, leurs longues robes se mêlant aux caparaçons. Le roi menait le cortège, penché sur l'encolure de son cheval, un bandeau épais sur le front, de la fourrure au col et aux poignets de son costume. Je me surpris à essayer de déchiffrer, sans succès, l'expression de son regard. Il fonçait droit vers les arbres représentés au sommet de l'arche, et dont les branchages ployaient comme les pétales d'une fleur épanouie. En face, la scène était une réplique de la première, mais l'histoire qu'elle racontait était tout autre : le cheval du roi, affolé, fuyait la forêt sans son cavalier, et les autres chasseurs retenaient leurs montures en arborant des masques d'effroi. Leurs ailes dépliées, les rapaces essayaient en vain de se débarrasser de leurs capuchons ornés de glands. Les deux bas-reliefs, couleur d'argent terni, étaient magnifiques de vigueur et de précision. Examinant de près un cheval au galop, j'eus l'impression que j'allais entendre son sabot toucher le sol, et que la main de sa cavalière allait se lever pour repousser l'écharpe tombée sur son front. Je contemplai avec fascination la forêt, mais ne vis que des arbres argentés.

Tous ces détails, je les avais enregistrés en l'espace d'un éclair : les battants s'écartèrent devant moi, et je me trouvai au seuil d'un vestibule immense éclairé par des centaines de bougies sur des chandeliers en cristal. Tandis que je demeurais figée sur place, stupéfaite, une brise carcssante se mit à chuchoter autour de moi. J'entendais presque les voix, mais dès que je voulais les écouter, elles s'estompaient. C'était un petit vent tout doux, qui ne semblait s'être levé que pour le plaisir de tirer sur mes manches et de taquiner le bas de ma jupe, tout en poussant ce qui ressemblait à des gémissements de désespoir devant l'état de mes cheveux et de mes bottines. Pas une flamme ne vacilla dans le courant d'air, qui enveloppa mes épaules et m'entraîna inexorablement vers l'entrée. Je me demandai ce qu'avait éprouvé la jeune femme mendiante du roi Cophetua, lorsque le portail s'était ouvert pour elle pour la première fois. Mais nos situations étaient bien différentes : le roi l'aimait parce qu'elle était née noble et qu'elle était d'une beauté rayonnante en dépit des haillons dont elle était vêtue. À quoi bon établir des comparaisons ? J'avançai.

La brise émit des gazouillis comme si elle s'adressait à un cheval récalcitrant, puis, subitement, s'arrêta alors que je pénétrais enfin dans le hall. À ma droite, environ trente mètres plus loin, une porte s'ouvrit. Le cliquetis de mes talons n'eut pas plus d'effet sur le silence que ne l'aurait eu le frôlement d'ailes d'un papillon. Je m'aventurai dans la pièce, une salle à manger grande comme deux salles de bal. Je comptai trois cheminées ; les fenêtres percées dans le quatrième mur étaient trois fois hautes comme moi, la table nantie d'une multitude de pieds semblait s'étirer à l'infini, il aurait bien fallu une demi-heure pour en faire le tour et dix minutes pour la traverser. Je levai la tête. Tout au bout, j'aperçus une loge de musiciens, cachée par de lourdes tentures de velours foncé à hauteur d'un deuxième étage. Les plafonds étaient très hauts. Je renversai la tête et plissai les paupières. J'y décelai un dessin, peinture ou sculpture, mais les bougies n'allaient que jusqu'au niveau de la loge des musiciens et leur lueur ne permettait pas de voir distinctement à cette hauteur.

Je posai de nouveau mon regard sur la table et m'aperçus qu'elle était couverte de plats en or et en argent. Il y avait des bouteilles de vin, reposant dans de grands seaux remplis de glace pilée ; une coupe énorme surmontait un piédestal d'un mètre de haut représentant Atlas avec le monde sur ses épaules ; le globe, creux, débordait de fruits frais. Mille parfums délicieux m'assaillirent. À l'extrémité la plus proche de la porte par laquelle j'étais venue, m'attendait un siège en bois sculpté, doré à la feuille et recouvert d'un splendide brocart marron sur fond de satin couleur de paille. Il aurait pu s'agir d'un trône. Sous mes yeux, il se déplaça légèrement et se tourna vers moi, m'invitant à m'asseoir. Je remarquai pour la première fois qu'un seul couvert avait été mis alors que cloches, gobelets, soupières et carafes incrustées de joyaux semblaient s'aligner à l'infini.

— Juste ciel, non ! soufflai-je. Je ne peux pas m'asseoir là. Et qui va manger tout cela ? Certainement pas moi !

Secrètement, j'espérais bien que personne ne m'y obligerait. Mais peut-être la Bête envisageait-elle malgré tout de me dévorer, et tenait-elle auparavant à m'engraisser ? En tout cas, la nourriture était abondante, me dis-je : pourquoi voudrait-il en plus d'une jeune fille comme moi ?

La brise revint subitement, s'attaquant à l'arrière de mes genoux, m'entraînant de force vers l'imposante chaise. Je m'y installai timidement, me sentant plus ratatinée, plus misérable que jamais. Une serviette de lin blanc se déplia et glissa sur mes genoux. Sept cuillères, sept fourchettes, quatre couteaux et cinq verres de tailles et de formes variables étaient disposés devant moi. Une table roulante sortit de nulle part et vint s'arrêter près de mon coude gauche : j'y trouvai une bassine d'eau chaude, du savon, des serviettes moelleuses. Tandis que je me rafraîchissais, couverts et assiettes entamèrent un joyeux ballet, et quand j'eus fini, ce fut pour découvrir sous mon nez une montagne de délices.

J'avais vaguement eu l'intention de gâcher le plaisir de la Bête en refusant de manger, mais la vue de toutes ces gourmandises fit fondre mes résolutions comme neige au soleil. Je me rappelai que je n'avais rien avalé depuis mon petit déjeuner, douze heures plus tôt, et me rendis compte combien j'étais affamée. Je fis largement honneur au repas qui m'était servi, bien que la plupart des plats me fussent totalement inconnus. Téméraire, je goûtai à tout et n'en fus pas déçue. J'étais stupéfaite de la diversité des plats. Lorsque j'eus terminé, je m'adossai avec un soupir de contentement, mais soudain toutes mes craintes m'assaillirent de nouveau, et je me redressai aussitôt. Me levant d'un mouvement brusque, je me détournai de la table et me dirigeai vers la porte. Je ne pouvais attendre davantage : je voulais savoir dès ce soir quel sort m'était réservé. Si la Bête ne venait pas à moi, tant pis, j'irais à elle.

Ce repas m'avait redonné des forces, et si je n'étais pas franchement enthousiaste, j'avais au moins retrouvé toute mon énergie. Je suivis des corridors, gravis des escaliers, en descendis d'autres, traversai tant de pièces qu'il m'était impossible de les compter. Je vis des meubles et des bibelots de tous styles, de toutes époques, en bois noir et camaïeux de bruns ; en ivoire, en albâtre et en os ; et même en cuivre, en bronze, en jade, en argent, en or ! Tous ces objets étaient les œuvres des meilleurs artisans. Les murs étaient couverts de tapisseries, de centaines de tableaux, représentant pour la plupart des paysages de campagne ou de bord de mer ; je remarquai qu'il y figurait peu de personnages et d'animaux. Un détail me frappa : l'absence totale de trophées ou de toiles de chasse. Les statues se dressaient sur des piédestaux ou s'abritaient dans des alcôves ; les vitrines recelaient des trésors de porcelaine fine ; les sols de marbre ou de marqueterie étaient jonchés de somptueux tapis.

Je finis par perdre tout sens de l'orientation, puis par ne plus savoir quel était mon but ; pourtant, je continuai de marcher. Ce dîner exquis, cet environnement étrange, ma peur, tous ces facteurs me tenaient alerte et bien réveillée. Cependant, peu à peu, toutes ces splendeurs commencèrent à se brouiller devant mes yeux : tout cela était trop, beaucoup trop, surtout après la visite dans les jardins et le festin.

Après un long moment, quelques heures peut-être, j'atteignis une porte tout au bout d'un couloir, cachée dans un virage. Elle était ornée d'une plaque en or. Lorsque je m'en approchai, les candélabres posés dans les deux niches de part et d'autre s'allumèrent ; j'en fus à peine surprise ; je m'habituais déjà à ces pages invisibles qui me précédaient partout. Je lus l'inscription :

— La Chambre de Belle…

À peine eus-je prononcé ces mots que la porte s'ouvrit devant moi.

Je marquai une hésitation. Qu'allait-il se passer, maintenant ? Cette chambre m'était-elle vraiment destinée ? Si j'en passais le seuil, la Bête se manifesterait-elle enfin ? Je me rassurai en me disant qu'au fond je ne connaissais aucune des règles du jeu, et que si le château ou son mystérieux propriétaire avaient voulu me piéger, il existait des moyens plus simples. Après tout, ma seule présence était une marque de défaite et de soumission. J'inspectai rapidement la pièce : c'était une chambre digne d'une princesse, avec son énorme lit sur une estrade à baldaquin brodé d'or, recouvert d'une courtepointe blanche tissée de pourpre et de vert. Sur un côté, de gigantesques armoires, dont les battants s'écartèrent, révélant des centaines de robes, toutes plus belles les unes que les autres. D'une étagère tout en haut tomba un rouleau de satin bleu marine piqué d'oiseaux en fil d'argent qui se déroula à mes pieds. Près des armoires se trouvaient des tables basses, sur lesquelles s'alignaient des coffrets aussi ravissants que les bijoux qu'ils contenaient, et plus de brosses et de peignes que n'en auraient pu utiliser dix princesses trop coquettes ! Il y avait aussi des flacons de parfum en cristal à bouchons d'émeraude, et des vases remplis de roses rouges et blanches, dont la senteur miroitait comme un arc-en-ciel.

À l'opposé, le mur en forme d'arche était percé de fenêtres à tout petits carreaux, descendant du plafond à la banquette en velours or et blanc. Je m'avançai encore, en retenant un cri d'admiration devant les bibliothèques : elles contenaient des centaines de livres reliés de cuir. J'effleurai les reliures avec respect, puis poursuivis jusqu'au bureau, avec ses mille tiroirs et recoins secrets : j'y trouvai une pile de papier bien blanc, une douzaine d'encriers en cristal contenant des encres de couleurs différentes, ainsi que des centaines de plumes. Je m'assis, les yeux rivés sur tous ces trésors.

Mais mon courant d'air revint, comme s'il estimait que j'avais perdu suffisamment de temps. Tournant autour de ma chaise, passant sous mes doigts, il m'obligea à me tourner vers la cheminée, derrière moi, et tout près d'elle, vers la profonde baignoire ivoire et argent. Sous mon regard ahuri, un broc y versa une dernière rasade d'eau brûlante et parfumée. Je songeai que les brocs flottant ainsi dans les airs m'intimidaient encore plus que les domestiques invisibles. De moelleuses serviettes se déplièrent sur le bras d'un fauteuil. Je décidai de me laisser tenter : la victime se présenterait ainsi à son bourreau en état de parfaite propreté. Elle en profiterait pour se décontracter un peu…

Ce fut, en effet, un délicieux moment de détente. Le savon enchanté ne me piqua pas les yeux ; la brise, qui avait organisé une jolie valse de gants de toilette et de crin, se mit à démêler mes cheveux, avant d'y tresser un long ruban vert. Elle me présenta ensuite une robe vert pâle aux jupes brodées de minuscules diamants scintillants.

— Ha ! m'exclamai-je. Il n'est pas question que je mette cela !

Je me débattis de longues minutes avec mon courant d'air, les vêtements avec lesquels j'étais venue ayant disparu. À la fin du combat, le ruban était arraché de mes cheveux, tandis qu'un sifflement furieux résonnait dans mes oreilles. Un désordre incroyable régnait dans la chambre : les robes jonchaient le sol, le lit, les sièges, et je n'étais toujours pas satisfaite de ce que j'avais finalement consenti à porter. C'était une tenue beaucoup plus simple que la première, à bustier blanc parsemé de perles et jupe de velours or.

Enfin, je fus prête. Il devait être très tard, mais je savais que le sommeil ne viendrait pas tant que je n'aurais aucune idée du sort qui m'était réservé. Tant pis si mon impatience précipitait ma fin ! Je quittai donc la Chambre de Belle et me tins un moment dans le couloir ; la porte se ferma doucement derrière moi. Je partis explorer d'autres corridors, d'autres salles, sans m'attarder sur les merveilles qui s'y cachaient. J'avais un but précis : trouver mon hôte ou, plutôt, mon geôlier. Je m'arrêtai pour finir sur un balcon dominant une vaste pièce ressemblant un peu à celle dans laquelle j'avais dîné. Au fur et à mesure de mon approche, les bougies s'allumaient devant moi, mais au-delà tout était noir et, dès que j'étais passée, elles s'éteignaient. Les fenêtres gigantesques, quand elles n'étaient pas camouflées par de lourdes tentures, apparaissaient comme des taches gris clair dans les murs. La lune ne les inondait pas encore de ses rayons argentés. En relevant la tête, je crus apercevoir un rai de lumière sous une porte entrouverte, un peu plus loin. Mon cœur se mit à battre très vite, et je continuai de marcher sur la pointe des pieds.

Comme toutes les autres auparavant, cette porte s'écarta à mon arrivée. Je me dis que si cela continuait, dans quelques jours je ne saurais plus me servir d'une poignée ou d'un verrou. J'accédai à une salle vaste (et néanmoins petite en comparaison de toutes les autres) et accueillante. Deux fauteuils se faisaient face devant l'âtre, où brûlait un feu. L'un d'entre eux était libre. Dans l'autre, je vis une sorte de masse obscure. Derrière le premier, une table, sur laquelle était posé un candélabre à douze branches, mais dont toutes les bougies étaient éteintes. Je me rendis compte que je me tenais dans un petit halo de lumière créé par celles du couloir. Mes yeux s'ajustèrent rapidement à la pénombre, et je crus apercevoir un bout de velours vert foncé.

— Bonsoir, Belle.

La voix était rêche. Je frissonnai, posai la main sur le chambranle de la porte, rassemblai mon courage : après tout, cette Bête, et ce ne pouvait être qu'elle, ne m'avait pas encore dévorée !

— Bonsoir, Milord.

— Je suis la Bête. C'est ainsi que vous m'appellerez, je vous prie.

Un court silence, puis :

— Êtes-vous venue de votre plein gré dans mon château ?

— Oui.

— Je vous en suis très reconnaissant.

Ces mots furent prononcés d'un ton plus doux, très différent de celui auquel je m'étais attendu. Je m'exprimai sans réfléchir :

— Reconnaissant ? Milord, vous ne m'avez guère laissé le choix. Je n'allais pas laisser mon père mourir pour une rose.

— Vous me haïssez donc ? me demanda-t-il, presque tristement.

Une fois de plus, je fus interloquée.

— Eh bien… J'ai peu de raisons de vous aimer.

Mais aussitôt, je repensai au délicieux repas, à la magnifique chambre, aux bibliothèques si bien fournies. Je songeai que s'il avait l'intention de me dévorer, ce ne serait pas pour tout de suite, sinon, pourquoi m'aurait-il préparé assez de lecture pour m'occuper pendant plus d'un an ?

L'immense silhouette bougea dans le fauteuil. Je vis luire ses yeux, et (mais peut-être n'était-ce que ma folle imagination ?) ses griffes acérées. Je détournai précipitamment les yeux.

— Peut-être cela vous consolera-t-il de savoir que si votre père était revenu seul, je l'aurais renvoyé chez lui sans lui faire de mal ?

— Vraiment ? m'écriai-je. Vous voulez dire que je suis ici pour rien ?

Un mouvement dans le noir : j'eus l'impression qu'il secouait la tête.

— Non. On ne peut pas dire que vous êtes ici pour rien. Car si votre père était rentré, vous auriez été heureuse de son retour, mais honteuse aussi. Votre honte aurait grandi jusqu'à vous le faire détester, car sa seule vue vous aurait rappelé que vous l'aviez laissé se sacrifier pour vous. Avec le temps, rongée par vos sentiments de culpabilité, vous en seriez arrivée à vous détester tout autant…

J'étais trop fatiguée pour suivre son raisonnement.

— Mais… Je n'aurais pas pu le laisser partir seul, protestai-je.

— Je sais.

Je me tus une minute, puis :

— Voyez-vous dans le futur ?

— Pas exactement, non. Mais je vous vois.

J'étais de plus en plus perplexe.

— Et moi, je ne peux que vous deviner, Milord.

Une lueur brilla dans ses yeux.

— Bien sûr, j'aurais pu venir vous accueillir à votre arrivée cet après-midi ; mais j'ai pensé que la lumière des bougies serait… plus flatteuse.

Il se dressa lentement ; je me ratatinai sur moi-même. Il devait bien mesurer deux mètres de haut ; son poitrail était aussi large que celui de ces grands ours du Nord, capables d'abattre un chasseur d'un seul coup de patte. Il demeura immobile, comme pour m'accorder le temps de me ressaisir, puis, poussant un soupir profond comme un vent d'orage, il s'empara du candélabre, lequel s'alluma.

— Oh, non !

Je couvris mon visage des deux mains et, l'entendant avancer d'un pas vers moi, bondis en arrière comme une biche effarouchée par le craquement d'une branche.

— Vous n'avez rien à craindre, me rassura la Bête.

Au bout d'un moment, j'osai enfin le regarder dans les yeux ; je compris que ce qui le rendait à ce point terrifiant, c'était son regard : un regard d'homme, d'humain, pas un regard d'ours.

— Pardonnez-moi, reprit-il, mais je suis légèrement myope, et j'aimerais vous inspecter de plus près.

Il vint vers moi, tandis que je reculais jusqu'à la rampe du balcon, que j'agrippai, terrorisée.

— V… Vous n'allez pas me m… manger ? bredouillai-je.

Il se figea comme s'il avait heurté un arbre.

— Vous manger ? répéta-t-il. Certainement pas ! D'où vous vient cette idée ? Ne s'est-on pas bien occupé de vous depuis que vous êtes là ? Vous ai-je effrayée sans le vouloir ?

— Je… Eh bien, je… Je ne voyais pas pour quelle autre raison vous m'auriez heu… invitée dans votre château.

— N'ai-je pas affirmé à votre père que sa fille ne risquerait rien avec moi ?

J'ouvris la bouche, la refermai aussitôt. Il poursuivit d'un ton peiné :

— Non, ne dites rien. Je suis la Bête, et la Bête

n'est pas honorable. Mais vous pouvez me croire : vous êtes en sécurité chez moi et sur mes terres.

Cette fois, ma curiosité l'emporta, du moins momentanément, sur ma peur. Ses manières étaient agréables, et rien ne m'obligeait à regarder son visage : je pouvais fixer les boutons de sa veste, qui étaient à ma hauteur.

— Mais alors… pourquoi ?

— Je souffre de ma solitude.

Mon expression dut trahir ma compassion, car il tenta encore de se rapprocher. Cette fois, je pus l'affronter à peu près calmement, mais il me dévisagea avec une telle intensité, et si longtemps, que je finis par en être gênée.

— Je… heu… J'espère que mon surnom ne vous a pas donné de fausses espérances ?

Peut-être se sentait-il dupé. Peut-être allait-il me punir ?

— Il vous sied.

— Oh, non ! protestai-je. Je vous assure que je suis très ordinaire.

— Vraiment ?

Il se détourna, plaça le candélabre dans une niche inoccupée.

— Je vis à l'écart du monde depuis des années, mais je ne suis pas si myope que cela.

Je n'étais pas habituée à me retrouver à court de reparties plusieurs fois au cours de la même conversation. J'étais sans doute beaucoup plus fatiguée que je ne l'avais cru.

— Vous dites que Belle est un surnom ? Quel est votre véritable prénom ?

— Honneur.

Il esquissa une sorte de sourire, révélant une surabondance de longues dents très blanches.

— C'est donc avec joie que je reçois chez moi à la fois Belle et Honneur. J'ai beaucoup de chance.

Mon Dieu ! pensai-je, mais je me remémorai presque aussitôt l'une de ses premières déclarations.

— Si vous souffrez de votre solitude, pourquoi n'avez-vous pas retenu mon père auprès de vous ? Il est infiniment plus cultivé que moi.

— Hum… Je tenais à la compagnie d'une jeune fille.

— Ah ? balbutiai-je. Et pourquoi ?

Il pivota sur ses talons et repartit vers la porte, où il se retourna, mains croisées derrière le dos, tête basse. Son silence me bouleversa.

— Je suis à la recherche d'une épouse, avoua-t-il enfin. Voulez-vous être celle-là, Belle ?

Ma terreur resurgit.

— Oh ! Je… Que puis-je vous répondre ?

— Répondez par oui ou par non, et sans crainte.

— Oh, non !

J'avais envie de m'enfuir en courant, mais je l'imaginai me poursuivant, et demeurai clouée sur place.

— Bien, soupira-t-il après un interminable moment. Je vous souhaite bonne nuit. Dormez bien, Belle. Et rappelez-vous que vous n'avez rien à craindre de moi.

Je ne bougeai pas.

— Allez-vous-en ! ordonna-t-il en balayant l'espace d'un bras. Je sais que vous êtes pressée de m'échapper. Je ne vous courrai pas après.

Il réintégra sa chambre, la porte commença de se refermer.

— Bonne nuit, dis-je.

La porte cliqueta doucement. Je fis demi-tour et repartis dans le couloir par lequel j'étais arrivée.

Je courus sans voir où j'allais, décidée seulement à m'éloigner. Mes escarpins étaient légers comme des feuilles, mais mes jupes encombrantes me ralentissaient. Je m'arrêtai enfin, haletante. Reprenant mes esprits, je réalisai tout à coup qu'une fois de plus j'étais perdue. Je fis quelques pas, tournai vers la droite. J'étais devant la Chambre de Belle. La porte s'ouvrit tout de suite, et un parfum de lavande m'enveloppa. J'avais pourtant été certaine que cette pièce se situait tout au bout d'un couloir… Enfin, cela n'avait aucune importance !

J'entrai, épuisée et rassurée, et m'écroulai sur le lit ; les couvertures dépliées m'invitaient à m'y glisser. La brise se précipita pour m'aider à me déshabiller. Mes cheveux furent démêlés, tressés, je fus revêtue d'une ravissante chemise de soie ivoire brodée de boutons de roses. Je me couchai ; les flammes des bougies s'éteignirent l'une après l'autre, le feu se couvrit tout seul dans la cheminée.

Mais je ne parvins pas à m'endormir. Je me tournai et me retournai, perdant un oreiller dans la bataille. Mais aucun miracle ne pourvut à son remplacement, ce dont je fus passablement surprise. Je demeurai immobile, les yeux sur le baldaquin drapé au-dessus de ma tête. J'y vis la représentation d'un griffon, griffes sorties, ailes déployées. Je repensai à ma bague : je l'avais enlevée pour me baigner, et ne l'avais pas remise. C'était un prétexte comme un autre : je descendis de mon estrade. L'anneau était sur la table près de l'âtre. Je la saisis, l'observai une minute avant de l'enfiler.

Je n'étais pas pour autant prête à me recoucher.

D'un bref coup d'œil, je vis que le lit se rajustait, et décidai qu'il était plus poli de le laisser tranquille un moment. J'arpentai la pièce de long en large, m'arrêtai devant les bibliothèques. Mais je n'avais pas envie de lire. Je finis par me blottir sur la banquette près de la fenêtre, le front appuyé contre la fraîcheur de la vitre. La lune s'était levée, ses rayons argentés pleuvaient sur les prairies et la forêt lointaine. Ils éclairaient même la grande tour, à ma gauche. Les lanternes des jardins étaient éteintes. En scrutant l'obscurité, je crus voir une forme étrange s'y déplacer. L'ombre d'un nuage ? Non, ils étaient trop rares, bougeaient à peine dans le ciel. Je clignai des paupières, les frottai avec vigueur…

Le silence était total ; je frissonnai, tapotai du doigt le carreau, histoire de faire un peu de bruit.

— Ça ne va pas du tout ! m'exclamai-je soudain.

N'ayez crainte, avait répété la Bête. *Vous êtes en sécurité chez moi et sur mes terres…* Ses paroles me sifflaient dans les oreilles comme le vent d'hiver.

Grandcœur ! Je devais aller voir Grandcœur. Lui caresser le museau, sentir sa tête reposer sur mon épaule, voilà qui me calmerait. Bébé, j'avais souvent fait la sieste à l'écurie avec nos chevaux. J'y trouvais chaleur et réconfort en temps de crise.

Je me laissai glisser à terre et me dirigeai vers la porte. Mais elle ne s'ouvrit pas. Surprise, je posai ma main dessus : rien. Je m'emparai de la poignée, tirai de toutes mes forces. Toujours rien. Elle semblait s'être fondue dans le mur. Un sentiment de panique m'envahit, je perdis tout courage et criai :

— Non ! Je veux sortir ! S'il vous plaît, je veux sortir !

Mes coups de poing furent vains, et je finis par m'effondrer, secouée de sanglots. Lorsque je fus épuisée d'avoir trop pleuré, je regagnai en trébuchant mon lit.

J'étais sur le point de m'endormir quand je sentis la brise revenir. Après avoir soigné mes mains douloureuses, elle soupira et me chuchota des mots que je ne fus pas absolument certaine d'avoir bien entendus : je crus percevoir deux voix, mais peut-être n'était-ce qu'un rêve ?

— Pauvre enfant ; ma pauvre enfant, dit la première. J'ai pitié d'elle. Si seulement je pouvais lui venir en aide.

— C'est impossible, ma chère, et tu le sais. Nous faisons de notre mieux ; c'est à elle de trouver son chemin, fit la seconde.

— Je sais. Mais c'est si difficile.

— C'est vrai, mais ne sois pas triste. C'est une bonne fille, et il l'aime déjà. Avec le temps, tout finira par s'arranger…

2

Lorsque je me réveillai le lendemain matin, le soleil, déjà très haut dans le ciel, tachait les tapis grenat de grands rectangles de lumière, donnant aux motifs couleur ambre une teinte miel doré. Devinant avant même d'avoir ouvert les yeux qu'il était fort tard, je m'affolai : pourquoi avais-je dormi si longtemps ? Jamais je n'arriverais à finir mon travail de la journée ! Pourquoi n'était-on pas venu me dire de me lever ? Et puis, je me souvins de tout. Je sentis sous ma joue la finesse du drap de lin, et me rendis compte que ce qui m'avait tiré de ma torpeur n'était autre qu'un délicieux arôme de chocolat chaud et de tartines grillées : mon petit déjeuner était servi sur la table près de la cheminée, où dansait de nouveau un feu joyeux. Je descendis d'un bond de mon lit, enchantée. À la ville, la femme de chambre m'avait monté chaque matin mon chocolat et mes tartines. Comment l'avaient-ils su, ces serviteurs invisibles et magiques ? Mais soudain, en prenant appui sur le matelas, je grimaçai de douleur. Penaude, je me rappelai les événements de la veille et contemplai mes mains ; pendant mon sommeil, elles avaient été enveloppées de gaze ; peut-être par celles dont j'avais cru entendre les voix ? Je fronçai les sourcils, essayant en vain de me remémorer la scène. Mais j'abandonnai bientôt, préférant me précipiter sur ce chocolat, si tentant. Je découvris à côté de ma tasse une coupe remplie de fruits frais, et un petit couteau à manche d'ébène.

La brise se leva alors que j'achevais mon repas ; elle rassembla tout dans la nappe, qui se replia sur elle-même et se volatilisa. Après quelques tiraillements de part et d'autre, je finis par accepter de revêtir une robe grise à boutons d'argent, et d'élégantes bottines noires à lacets tressés. J'avais jusque-là évité de me tourner vers la porte ; mais quand enfin je m'en approchai, elle s'ouvrit sans la moindre hésitation. Je sortis en courant, craignant vaguement qu'elle ne changeât tout d'un coup d'avis. Le courant d'air tourbillonna une fois autour de moi, puis s'en fut.

Le château était très différent, avec ce radieux soleil qui inondait toutes les pièces ; toute la magnificence que j'avais devinée, la veille, à la lueur des bougies, était rehaussée par l'intense lumière. J'avais même du mal à imaginer que la Bête pût y vivre ; elle semblait sortir d'un cauchemar, et n'avait pas sa place dans ce splendide palais. Chassant toutes mes inquiétudes quant aux raisons qui me valaient d'être là, je m'autorisai sans plus réfléchir à admirer le décor. Je m'aventurai jusqu'à un escalier, que je descendis pour atteindre l'immense hall central et passer les portes d'entrée.

Grandcœur fut visiblement heureux de me voir. Il passa la tête par-dessus son box et poussa un vibrant hennissement en percevant le bruit de mes pas.

— Je te comprends : moi aussi, je me suis trouvée

bien seule, lui confiai-je. Allons explorer ensemble les alentours, veux-tu ?

Je l'équipai d'une bride, qui me tomba presque dans les mains, et l'entraînai dehors. Il secoua son épaisse crinière, trépigna pour manifester son approbation. Je me promenai donc avec lui à travers de magnifiques jardins, m'extasiant devant les parterres et les statues. Les rosiers poussaient un peu partout, parmi des centaines d'autres variétés de fleurs, mais je ne vis pas la roseraie dont nous avait parlé Père. Grandcœur souffla sur les pétales, mais, en bon cheval bien élevé, se contenta de manger de l'herbe. Découvrant un petit pré de luzerne, je décidai de m'y arrêter un moment, afin que Grandcœur satisfasse sa gourmandise.

— Si tu continues comme cela, tu finiras gras comme une jument. Tout à l'heure, quand j'aurai pris mon déjeuner, je t'emmènerai courir.

Je le ramenai à l'écurie et rentrai au château ; cependant, lorsque la porte de la salle à manger s'entrebâilla devant moi, j'annonçai :

— Je préférerais manger dans ma chambre, si cela ne vous ennuie pas.

La porte hésita, puis se referma, comme à contrecœur. Dans la Chambre de Belle m'attendait un somptueux repas.

— Ce qui m'est insupportable, ici, c'est le silence, fis-je remarquer à ma tasse de thé. Même le feu brûle sans crépiter. Et si le service est impeccable (je me demandai si j'étais entendue), je préférerais entendre le tintement des verres, le cliquetis des couverts. Ce sont les bruits qui donnent vie à une maison, et même à un château enchanté.

Je pris ma tasse et me dirigeai vers la fenêtre.

— Je n'ai jamais beaucoup aimé les animaux domestiques : les singes sont trop facétieux, les chiens perdent leurs poils, les chats griffent les tissus… sauf les oiseaux. J'aimerais bien avoir un Orphée pour me chanter un petit air gai.

Je tendis la main vers la poignée, et la fenêtre s'ouvrit. Silencieusement, bien sûr.

— Ici, il n'y a pas d'oiseaux, poursuivis-je en me penchant au-dehors. Je comprends bien que tout ce qui marche reste au loin, mais la Bête ne peut avoir aucun pouvoir sur le ciel.

Le rebord était muni d'une entaille à fond plat.

— Voilà exactement ce qui convient pour des oiseaux ! insistai-je.

À la hauteur de mon coude apparut un récipient en fer blanc décoré de paons et rempli de graines. J'en éparpillai de généreuses portions.

— Je ne demande que quelques moineaux. Les seuls paons que j'aie connus avaient la fâcheuse manie de piquer les passants.

J'embrassai du regard les jardins en me demandant pourquoi aucun oiseau n'était venu y trouver refuge.

— Peut-être ne les a-t-on jamais invités ? Je vous annonce que vous êtes invités ! conclus-je plus fort. Même si ce n'est que par moi !

Je refermai la fenêtre et allai mettre une jupe-culotte mieux adaptée pour une excursion à dos de cheval.

— N'avez-vous donc rien de *simple* ? m'exclamai-je, exaspérée, en fouillant désespérément les armoires en quête d'un chemisier sans froufrous.

Enfin prête, je courus chercher Grandcœur.

Il était en pleine forme, et dès que nous fûmes sortis des jardins aux chemins trop bien entretenus, je n'eus guère à l'encourager à partir au grand galop. L'air était beaucoup plus froid, loin du château. Cependant, j'avais eu la présence d'esprit d'emporter unc houppelande et, freinant l'allure de Grandcœur, je m'en enveloppai. Je m'étais attendue à atteindre assez vite la haie de houx encerclant ma prison dorée : Père l'avait aperçue, ainsi que le portail couleur d'argent, de la roseraie. Pourtant, nous continuions d'avancer à travers des prés, des bosquets, encore des prés, encore des bosquets. Le paysage était de plus en plus sauvage, le terrain de plus en plus accidenté. Je me dis que la haie n'entourait peut-être pas entièrement le domaine de la Bête, et que nous nous étions aventurés jusqu'aux abords de la forêt enchantée. Ce qui ne me servirait pas à grand-chose puisque, de toute façon, je serais inexorablement ramenée vers le château.

Le sol était maintenant parsemé de taches de neige. Je jetai un coup d'œil par-dessus mon épaule. Je distinguai, très loin, les hautes tours, grises et solennelles sur un fond de ciel bleu.

— Il est temps de rentrer, marmonnai-je, tout en forçant Grandcœur à effectuer un demi-tour.

Je n'allais tout de même pas chercher à m'échapper dès mon premier jour de captivité. D'autant que ce serait peine perdue.

Le soleil se couchait presque lorsque j'eus fini de panser Grandcœur, dans son box.

— Oui, j'ai remarqué que tous les bouts de cuir usés ont été remplacés ! annonçai-je à voix haute. Je vous en remercie ! ajoutai-je, tout en frottant vigoureusement le mors.

Je savais que si je ne le faisais pas, des mains invisibles s'en chargeraient ; j'avais aussi noté en arrivant que le mors et les boucles, que j'avais laissés propres la veille, étaient brillants comme des miroirs ; j'en avais été vaguement vexée. Mes doigts étaient encore endoloris, mais je ne souffrais plus ; quant à mes pansements magiques, ils demeurèrent intacts, même après que j'eus savonné et huilé les cuirs.

En quittant l'écurie, je pénétrai dans le jardin et m'assis sur un banc de marbre, encore pénétré de la chaleur du soleil, pour admirer les lueurs du crépuscule. Je songeai que ce banc était exactement à la bonne hauteur pour quelqu'un de petit comme moi. Soudain, en tournant la tête, je vis la Bête, qui venait vers moi. Elle était déjà tout près, et je ravalai un cri de terreur. En dépit de ses lourdes bottes, elle avançait sans bruit dans les ombres. Aujourd'hui son costume était de velours marron, bordé aux poignets et au cou de dentelle ivoire.

— Bonsoir, Belle.

— Bonsoir, la Bête, répondis-je en me levant.

— Je vous en prie, ne vous dérangez pas pour moi. Je peux m'en aller, si vous préférez.

— Oh, non ! protestai-je en m'efforçant d'être polie. Venez plutôt marcher. J'ai envie de voir le coucher du soleil sur vos jardins : ils sont si beaux.

Nous nous promenâmes en silence pendant quelques minutes. Je devais presque courir pour rester à sa hauteur, bien que la Bête s'efforçât visiblement de ralentir son allure pour moi. Au bout d'un moment, je lâchai une sorte de soupir.

— Quand nous habitions à la ville, c'était mon heure préférée, dis-je, mal à l'aise. J'allais souvent dans notre jardin, mais les murs étaient trop hauts.

— Vous n'aimez plus les couchers de soleil ? s'enquit la Bête, entretenant avec courtoisie la conversation.

— Je n'avais jamais vu l'aurore : j'étais toujours endormie, expliquai-je. Vous comprenez, je me couchais fort tard, car je lisais. Et puis, nous sommes allés à la campagne. Je préfère le lever du soleil, à présent : le soir, je suis en général trop fatiguée pour admirer son coucher, ou trop pressée de finir mes tâches avant d'aller dîner. Enfin… c'est du passé…

La mélancolie m'assaillit brusquement, et ma gorge se noua.

Nous arrivâmes devant un mur recouvert de rosiers grimpants que je reconnus immédiatement : c'était sûrement ici que Père avait rencontré mon hôte. Nous passâmes par une ouverture, et je me figeai, ébahie à la fois de surprise et de ravissement. La Bête s'arrêta à quelques pas derrière moi. Puis, soudain, dans un ultime embrasement, avant de disparaître pour la nuit, le soleil inonda le château et les jardins d'or, comme un nectar se répandant dans un gobelet en cristal. Nous nous tournâmes tous deux vers la lumière, et malgré moi, je fixai l'arrière de la tête de la Bête. Je vis que la crinière touffue qui lui tombait sur les épaules était méchée de gris. Le crépuscule tomba ; le ciel était strié de rose et de lavande.

La Bête se remit face à moi, et cette fois, je parvins presque à la regarder dans les yeux.

— Je suis horrible, n'est-ce pas ?

— Vous êtes… heu… très poilue.

— Et vous êtes trop polie.

— C'est possible, répliquai-je, mais n'avez-vous pas dit hier soir que j'étais belle ?

La Bête émit un son à mi-chemin entre l'aboiement

et le râle. Après quelques secondes de tergiversation, je décidai que c'était sans nul doute un rire.

— Vous ne me croyez pas ?

— Non, avouai-je en un balbutiement.

Allait-elle se fâcher ?

— Les miroirs m'ont toujours dit la vérité.

— Vous n'en trouverez pas ici, car je ne les supporte pas ; vous ne verrez pas non plus d'étangs à surface lisse. Et puisque personne d'autre que moi ne peut vous voir, pourquoi ne pas vous persuader que vous êtes belle ?

— Mais je…

Je me tus, étouffée par mes propres arguments et mon souvenir des principes platoniciens. Je réfléchis : à quoi bon lui offrir un discours sur l'absolu ? Je repris enfin la parole, par besoin de meubler le silence :

— Il y a aussi Grandcœur. Mais il se soucie peu de mon apparence physique.

— Grandcœur ?

— Mon cheval. Ce grand étalon, dans votre écurie.

— Ah, oui !

La Bête fixa le sol.

— Quelque chose ne va pas ? voulus-je savoir, un peu inquiète.

— Vous auriez peut-être dû le renvoyer avec votre père.

— Mon Dieu ! N'est-il pas en sécurité, ici ? Oh ! Dites-moi qu'il ne lui arrivera rien de mal, je vous en supplie ! Ne puis-je le renvoyer maintenant ? Je ne veux pas qu'il puisse souffrir !

La Bête refusa d'un signe de tête.

— Il n'a rien à craindre. Mais voyez-vous, les bêtes, les autres bêtes, ne m'aiment guère. Vous avez constaté qu'aucun animal ne vit ici, qu'il n'y a rien dans les jardins, sauf de l'herbe, des arbres, des pierres, des fleurs et de l'eau ?

— Vous n'allez pas lui faire du mal ? insistai-je.

— Non. Mais je le pourrais, et tous les chevaux le devinent. Si mes souvenirs sont exacts, celui de votre père a refusé de passer une seconde fois le portail d'entrée de la propriété.

— C'est vrai, chuchotai-je.

— Surtout, ne vous inquiétez pas. Vous êtes au courant, à présent. Prenez soin de lui, et moi, je prendrai soin de ne pas m'en approcher.

— Peut-être... Peut-être vaudrait-il mieux le renvoyer à la maison, intervins-je, le cœur noué à la pensée de le perdre. Est-ce possible ?

— C'est possible, mais d'une manière qu'il ne comprendrait pas : il risquerait de devenir complètement fou. Laissons-le tranquille.

Je dévisageai la Bête, et découvris avec étonnement que j'avais confiance en elle. J'esquissai un sourire.

— Parfait.

— Venez, la nuit tombe, nous devrions rentrer. Puis-je me joindre à vous pour le dîner ?

— Bien sûr. Vous êtes le maître, ici.

— Non, Belle ; c'est vous qui êtes la maîtresse de ces lieux. Demandez-moi ce que vous voulez, et vous l'aurez.

Je faillis rétorquer : « ma liberté », mais me retins juste à temps.

— Votre chambre vous plaît-elle ? Qu'y changeriez-vous ?

— Rien. Tout est superbe. Je vous en remercie.

La Bête balaya l'espace d'un bras impatient.

— Je ne veux pas de vos remerciements. Avez-vous bien dormi, la nuit dernière ?

— Oui, oui…

Mais un geste involontaire de ma main attira son attention.

— Qu'avez-vous fait à vos mains, demanda-t-il ?

— Je… heu…

Stupéfaite, je m'aperçus que je ne pourrais jamais lui mentir.

— J'ai voulu sortir de ma chambre. La porte refusait de s'ouvrir et je… j'ai eu peur.

— Je vois. J'avais donné l'ordre de tout fermer à clé.

— Vous m'avez pourtant assuré que je n'avais rien à craindre.

— C'est exact. Cependant, je suis la Bête, et je ne parviens pas toujours à maîtriser mon comportement.

— Je suis désolée, murmurai-je. Je n'avais pas compris…

J'observai attentivement la façon dont se tenait la Bête, qui semblait ployer sous le poids de longues années d'espoirs silencieux. Malgré moi, j'eus envie de la consoler.

— Mais rassurez-vous, dis-je : je suis tout à fait remise de mes émotions, et mes mains sont presque guéries.

Tout en parlant, j'en arrachai les pansements et les lui présentai. J'avais complètement oublié l'anneau surmonté d'un griffon : les yeux en rubis étincelèrent.

— Cette bague vous plaît-elle ?

— Oui. Énormément. Et je vous remercie aussi pour les graines de rosiers. Je les ai plantées dès le lendemain du retour de Père. Elles ont éclos le jour de notre départ. Je me rappellerai toujours notre maison ainsi couverte de roses.

— J'en suis heureux. Je me suis efforcé d'en accélérer la pousse, mais à distance, ce n'était pas toujours facile.

— Ah, non ?

J'étais à court de mots et ne savais pas si je devais ou non commenter cette déclaration.

— Merci encore, pour tous les trésors que nous avons trouvés dans les sacs de voyage de Père. Vous nous avez terriblement gâtés.

— En ce moment même, je le sais, vous vous dites que vous auriez préféré ne rien avoir du tout, mais être chez vous. Je ne veux pas de votre gratitude. Je vous l'ai déjà dit, aboya la Bête, avant de poursuivre, avec plus de douceur : Je ne savais pas exactement ce que je devais envoyer. Je me doutais bien qu'émeraudes et saphirs ne vous serviraient guère. Même les pièces d'or sont difficiles à écouler.

— Vous avez fort bien choisi.

— Vraiment ? Ne dites-vous pas cela seulement par politesse ?

— Non, je suis sincère. J'ai d'ailleurs moi-même brûlé deux des bougies, pour lire. C'était une folie, mais j'étais si contente d'avoir une bonne lumière.

— Cette fois, j'en ai envoyé davantage. Ainsi que des fourrures et des tissus. Je ne voulais pas donner de l'argent… Mais il fait noir à présent. Votre repas vous attend. Voulez-vous prendre mon bras ?

— Je n'y tiens pas.

— Très bien.

— Dépêchons-nous ! m'écriai-je en détournant la tête. Je meurs de faim.

La salle à manger s'illumina à notre arrivée. J'avais remarqué sans trop y penser qu'au jardin nous étions restés dans la pénombre, et que les lanternes bordant notre chemin au retour étaient restées éteintes.

— C'est curieux : ne s'allument-elles pas en général quand on s'en approche ? C'était ainsi, hier soir, quand j'ai déambulé dans tout le château.

La Bête émit un grognement dont je ne saisis pas le sens, et tout s'éclaira d'un seul coup.

— Je ne comprends pas…

Il m'accorda un bref regard.

— Depuis longtemps, je préfère vivre dans l'obscurité.

À cela, je ne trouvai aucune réponse ; nous entrâmes et allâmes jusqu'à la table, aussi lourdement chargée que la veille en porcelaines, cristaux et argenterie : pourtant, je ne reconnus pas un bol, pas une assiette. Un mélange savoureux de parfums emplissait l'air. La Bête se plaça derrière l'énorme siège et s'inclina, m'invitant à m'y asseoir. Puis, sur ses ordres, toujours prononcés dans une langue qui m'était inconnue, une autre chaise s'approcha.

La petite table portant serviettes et eau chaude roula vers moi, et tandis que je me lavais les mains, commença un ballet semblable à celui qui m'avait tant amusée le soir précédent. Je fus heureuse de percevoir quelques tintements et cliquetis, tout en m'émerveillant de la musicalité de l'ensemble. Mais vraiment, pourquoi étais-je ici ? Grâce eût été ravissante, sur ce trône. Je ne me sentais que ridicule.

Je jetai un coup d'œil en direction de la Bête, qui s'était installée un peu plus loin à ma droite, un genou contre le plateau de la table. Son couvert n'était pas mis.

— Vous ne vous joignez pas à moi ? m'enquis-je, surprise.

La Bête leva les mains, ou plutôt les pattes.

— Je suis une Bête. Je ne peux pas me servir d'un couteau et d'une fourchette. Préférez-vous que je m'en aille ?

— Non, répondis-je, et cette fois, ce n'était pas pure courtoisie de ma part. Non, je suis contente d'avoir un peu de compagnie. La solitude devient vite pesante, ici. Le silence est oppressant.

— Oui, je sais. Belle, reprit la Bête, tout en observant la danse folle autour de mon assiette, il ne faut pas les laisser vous persécuter ainsi. Vous pouvez manger ce que vous voulez, il vous suffit de le demander.

— Tout est si appétissant que je serais bien incapable de choisir. Cela ne m'ennuie pas qu'on le fasse pour moi.

J'avalai une bouchée, puis :

— Vous dites qu'il me suffit de demander ; cependant, les paroles que vous avez adressées aux lanternes, dehors, puis à votre siège, étaient dans une langue que je ne connais pas.

— C'est exact. Lorsqu'ils quittent leur monde pour le nôtre, les ensorcelés sont lents à apprendre la langue locale. Mais je vous ai attribué deux… heu… appelons-les des servantes, aptes à vous comprendre.

— La brise qui me harcèle, devinai-je.

— Oui. Elles devraient vous paraître plus réelles, plus substantielles, si vous voulez. Elles sont très proches de notre monde.

Je me mordis la lèvre, songeuse.

— Vous en parlez comme si tout cela était évident. Ce n'est malheureusement pas le cas.

— Je suis désolé. C'est assez compliqué, en vérité. J'ai eu tout le temps de m'adapter à cette situation, mais c'est la première fois que j'ai à l'expliquer à quelqu'un venu de l'extérieur.

J'examinai les traînées de gris dans sa crinière.

— Vous n'êtes pas une Bête très jeune, n'est-ce pas ?

— Non, en effet. Je crois être ici depuis environ deux cents ans.

La Bête ne m'accorda pas le temps de digérer cette information, mais poursuivit, ignorant mon air ahuri. Deux siècles !

— Avez-vous éprouvé quelque difficulté à exprimer vos souhaits ? C'est avec plaisir que je vous aiderais.

— N… non, bredouillai-je, revenant brusquement sur terre. Mais comment puis-je vous trouver si j'ai besoin de vous ?

— Si vous avez besoin de moi, vous me trouverez facilement.

J'achevai mon repas peu après cette déclaration, et me levai.

— Je vous souhaite une bonne nuit, Milord. Je suis fatiguée et vais aller me coucher.

Bien qu'enfoncée dans son siège, la Bête arrivait presque à ma hauteur.

— Belle, voulez-vous m'épouser ?

Je reculai d'un pas.

— Non.

— N'ayez pas peur, me supplia la Bête, d'un ton peiné. Bonne nuit, Belle.

Je me couchai immédiatement et dormis d'un sommeil profond. Je n'entendis aucune voix étrange, et ne ressentis aucune crainte.

Plusieurs semaines passèrent, beaucoup plus vite que je ne l'avais imaginé possible les premiers jours. J'avais pris certaines habitudes. Je me levais tôt le matin, et dès mon petit déjeuner avalé, allais me promener dans les jardins. En général, j'y menais Grandcœur au licol. À la maison, il m'avait toujours suivie partout, comme un toutou fidèle, et parfois, lorsque j'avais à travailler à la forge, je l'avais laissé tout l'après-midi déambuler autour des bâtiments. Il revenait de temps en temps vers l'atelier, y passait la tête, m'observait quelques minutes à l'ouvrage avant de retourner mâcher son herbe. Mais ici, la Bête m'ayant prévenue que les animaux prenaient peur à son approche, j'aimais mieux pouvoir le retenir. Précaution assez vaine, finalement, puisque je n'en aurais pas eu la force s'il s'était emballé. Dieu merci, la Bête nous laissait tranquilles, et Grandcœur paraissait parfaitement heureux ; Ger avait eu raison : l'avoir près de moi était un réconfort et m'aidait à ne pas perdre courage.

Vers le milieu de la matinée, je retournais au château et passais le reste des heures qui me séparaient du déjeuner à étudier. En trois années de dur labeur à la campagne, j'avais à peu près tout oublié de mes connaissances en latin et en grec. Quant au français, matière en laquelle j'avais toujours été faible, je ne savais plus rien du tout ! Un jour, furieuse contre moi d'être aussi stupide, je fouillai la bibliothèque en quête d'un livre avec lequel je pourrais me détendre. C'est ainsi que je découvris une édition complète de

La Reine des fées. Je n'en avais lu que deux contes, et m'emparai avec grand plaisir de ces volumes.

Après le déjeuner, je me replongeais dans la lecture de *La Reine des fées*, ou encore de *La Mort d'Arthur*, jusque vers le milieu de l'après-midi, lorsque après m'être mise en tenue, j'emmenais courir Grandcœur. Chaque jour, nous découvrions un paysage nouveau, même quand je pensais avoir emprunté l'itinéraire de la veille ; et si par moments je croyais reconnaître un bosquet ou une prairie parsemée de fleurs, je ne pouvais jamais en être sûre. Je ne savais pas si ces incertitudes étaient dues à mon mauvais sens de l'orientation (ce qui n'était pas impossible), ou si les sentiers et les prés changeaient vraiment (ce qui n'était pas non plus impossible). Un jour, alors que j'étais préoccupée par mes leçons du matin, nous prolongeâmes plus que de coutume notre course. À mon grand désarroi, lorsque nous fîmes demi-tour pour rentrer, je m'aperçus que le soleil avait presque disparu. La perspective de me perdre après la tombée de la nuit ne me réjouissait guère, mais comme par magie, en moins d'une heure d'un pas tranquille, nous fûmes de nouveau devant les murs des jardins. J'étais pourtant certaine d'avoir couru plus de trois heures au galop.

Mais, en général, Grandcœur était au chaud dans son box et soigneusement pansé avant la tombée du jour, et j'en profitais ensuite pour aller dans les jardins admirer le coucher du soleil. C'est là que la Bête venait à ma rencontre, et nous nous promenions ensemble, ou plutôt, je trottais à ses côtés pour ne pas être distancée, tout en cachant la difficulté que j'avais à rester à sa hauteur. Parfois nous bavardions, parfois nous nous enfermions chacun dans nos pensées, nos regards posés sur le ciel rougeoyant. Lorsqu'il devenait mauve ou mordoré, nous retournions au château, et la Bête me tenait compagnie dans l'immense salle à manger pendant que je me restaurais.

Très vite, j'avais pris l'habitude de monter à ma chambre d'abord, afin de me changer avant le repas. C'était pourtant l'une des coutumes « civilisées » dont j'avais été ravie de me débarrasser quand notre famille avait dû quitter la ville. Mais la magnificence du décor m'impressionnait, et je trouvais plus correct de faire un effort sur le plan vestimentaire, même si j'avais la sensation de ressembler davantage à une bonne ayant emprunté les tenues de sa maîtresse qu'à une princesse.

Après le dîner, je regagnais la Chambre de Belle, et m'installais près du feu pour lire quelques heures avant de me coucher. Chaque soir, au moment de me saluer, la Bête réitérait sa demande :

— Belle, voulez-vous m'épouser ?

Et chaque soir, je lui répondais, un trémolo dans la voix :

— Non.

Plus le temps passait, mieux je connaissais la Bête, cependant, et ma peur initiale avait cédé d'abord à la pitié, puis au chagrin. Mais je ne pouvais accepter son offre.

Je n'allais jamais dehors après la nuit et ne cherchais plus à ouvrir la porte de mes appartements, ni même à m'en approcher. J'évitais aussi de regarder par la fenêtre quand les lanternes s'éteignaient, aux alentours de minuit.

Ma famille me manquait terriblement, et la douleur de la séparation ne s'atténuait guère au fil des semaines, en dépit de tous mes efforts pour ne pas y penser. À mon grand étonnement, je m'aperçus petit à petit que je prenais goût à ma nouvelle existence. À la ville, j'avais eu deux passions, la lecture et l'équitation, deux passions que j'assouvissais ici. Et malgré ma nature plutôt solitaire, j'étais heureuse d'avoir un peu de compagnie. Je pouvais être seule si je le souhaitais pour étudier ou réfléchir, mais je me rendis vite compte combien j'espérais avec impatience les visites quotidiennes de la Bête, avant même d'avoir dominé toutes mes craintes à son égard. Car il n'était pas facile de se sentir parfaitement à l'aise en face d'une créature aussi large qu'un ours et nantie d'une crinière de lion.

La mangeoire improvisée pour les oiseaux avait eu le succès escompté. Dès le premier jour, j'avais remarqué un certain désordre dans les graines ; le lendemain, j'avais aperçu l'ombre d'une aile et, au bout de deux semaines, j'avais pu compter une demi-douzaine de visiteurs réguliers : trois moineaux, un pinson, une fauvette jaune, et un minuscule volatile noir et blanc à poitrine rayée, dont je ne connaissais pas le nom. Ils avaient tellement confiance en moi qu'ils acceptaient de se percher sur mes doigts pour picorer les grains dans la paume de ma main. Mais je ne vis rien de plus gros qu'une tourterelle.

Le temps, en ce pays enchanté, était presque toujours clément. Là où était ma famille, le printemps était maintenant bien arrivé ; il devait y avoir de la boue partout, et les arbres devaient se couvrir de bourgeons vert pâle. Au château, les jardins demeuraient toujours impeccables ; ils ne souffraient ni des changements de température, ni des animaux trop envahissants. Visibles ou invisibles, les jardiniers semblaient ne pas exister : ils auraient d'ailleurs été inutiles, car les haies restaient toujours nettes, les parterres toujours libres de mauvaises herbes, les arbres fruitiers toujours taillés ; quant aux ruisseaux, ils n'effectuaient jamais de sorties intempestives de leur lit à fond de mosaïques.

La campagne dans laquelle je courais avec Grandcœur était beaucoup plus sensible aux saisons. Les taches de neige disparurent, les feuilles poussèrent sur les arbres ; mais il n'y avait presque pas de boue, et la terre se réchauffa très vite pour devenir toute moelleuse sous les sabots de mon cheval.

De temps en temps, il pleuvait. Environ quinze jours après mon arrivée, je me réveillai un matin et vis que le soleil paraissait bien pâle à travers ma fenêtre. Je me levai et constatai qu'une pluie fine, mais persistante, tombait. Les jardins scintillaient comme des joyaux sous l'eau, et je me dis que j'avais sous les yeux une vision extraordinaire de ce que pouvait être une cité de sirènes, sous la surface limpide d'un grand lac mystérieux.

— Oh, soupirai-je tristement.

Le décor n'en était pas moins beau, mais je devrais renoncer à ma promenade matinale. Je m'habillai avec lenteur et mangeai sans appétit mon petit déjeuner, puis descendis en me disant qu'après une courte visite auprès de Grandcœur, je me remettrais à mes études.

La Bête était dans l'embrasure de l'imposante porte d'entrée, laquelle était ouverte. Arrivant au bas de l'escalier, je contemplai son dos et me dis que ce pouvait être la silhouette d'Éole, au seuil de sa caverne de la montagne des dieux. Un courant d'air chaud tourbillonna, puis vint à ma rencontre. Comme j'atteignais la dernière marche, la Bête se retourna.

— Bonjour, Belle.

— Bonjour, la Bête, répondis-je, un peu inquiète, car jusqu'ici je ne l'avais vu que le soir.

Je le rejoignis néanmoins.

— Il pleut.

Ma question non formulée fut entendue.

— Mais oui, même ici, il peut pleuvoir… Je me suis rendu compte qu'il était plus prudent de ne pas jouer avec le climat. Les jardins s'auto-entretiennent merveilleusement, à condition que je n'essaie pas de jouer au plus intelligent. La neige disparaît en une nuit, voyez-vous, et il ne fait jamais très froid… En général, quand il pleut, c'est le soir, ajouta la Bête, d'un ton penaud.

— C'est si joli, murmurai-je.

Je savais déjà que sa bonté était réelle, et qu'elle se souciait véritablement de mon bien-être. Je m'en voulais d'avoir eu l'air de me plaindre, et de trahir ainsi mon égoïsme et mon ingratitude. Décidément, je m'habituais trop bien à ce que tous mes désirs fussent exaucés !

— J'ai pensé que ce matin vous seriez contente de visiter le château, puisque vous ne pouvez pas sortir. Vous n'avez sans doute pas tout vu.

J'acquiesçai avec un sourire.

— En effet ! C'est curieux, ici, je perds tout sens de l'orientation, je confonds tous les corridors, et très vite, je m'égare. Mais il me suffit d'avancer un peu, de tourner, et je suis devant ma chambre. Je n'apprendrai donc jamais à m'y retrouver… Oh ! Je ne me plains pas, précisai-je avec empressement. C'est simplement que… enfin… je me perds si vite que je n'ai pas le temps de voir avant d'être… heu… renvoyée chez moi.

— Je comprends. C'était pareil pour moi.

Deux cents ans, songeai-je, en regardant les gouttes de pluie glisser sur le marbre.

— Mais à présent, je connais assez bien mon chemin, poursuivit la Bête.

Il y eut un court silence. Les gravillons de la cour luisaient comme de l'opale.

— Souhaitez-vous voir quelque chose en particulier ?

— Non. Allons où vous voudrez.

Accompagnée de mon guide, je pus mieux apprécier toutes les splendeurs que recelaient les salles. Au bout d'un certain temps, nous atteignîmes une galerie de portraits. C'était la première fois que je voyais dans ce château des toiles représentant des êtres humains, et je m'attardai pour les examiner de près. Tous ces hommes, toutes ces femmes étaient élégants et très dignes. J'avais fort peu de connaissances en matière de peinture, pourtant j'eus l'impression que quelques-uns de ces tableaux pouvaient dater de plusieurs siècles. Il me sembla repérer un certain air de famille, surtout parmi les hommes : tous étaient grands, forts, bruns aux yeux noisette, un peu sévères, très fiers.

— On dirait une famille… Qui sont tous ces gens ? voulus-je savoir, tout en m'arrêtant devant une jolie femme aux cheveux blonds et aux yeux verts, un ridicule chien de salon sur ses genoux.

Ce qui m'intriguait le plus, c'était ce secret qu'ils semblaient tous cacher derrière leur regard lointain.

La Bête resta silencieuse un si long moment que je finis par me retourner, perplexe. Après avoir admiré tous ces beaux hommes, j'eus un peu de mal à ne pas tressaillir.

— Ils appartiennent tous à la famille qui possédait ces terres depuis des milliers d'années, bien avant que ne fussent exécutés ces portraits.

Cette réponse me fut donnée sur le même ton que celui adopté pour toutes mes questions précédentes, pourtant, pour la première fois en plusieurs jours, je fus frappée par la dureté de sa voix. Je me rappelai que j'étais en face de la Bête. Frémissante de peur, je n'osai plus l'interroger.

J'observai plus longuement que les autres la toute dernière toile. Au-delà, le mur était décoré de parchemins et de tapisseries. J'avais devant moi un homme jeune, de mon âge, à peu près ; d'une main, il tenait la bride d'un superbe étalon qui trépignait d'impatience. Sans trop savoir pourquoi, j'étais à la fois fascinée et terrifiée par sa beauté et son arrogance. Ce poing n'était-il pas un peu trop serré sur la lanière de cuir ? Les yeux n'étaient-ils pas un peu trop brillants ? Le personnage semblait me dévisager avec une intensité presque insoutenable, alors que tous les autres avaient eu des airs très distants. L'espace d'un instant, j'eus peur ; puis, relevant le menton, je l'affrontai. Ce château était bien étrange, mais j'avais confiance en la Bête ; je ne risquais pas d'être ensorcelée par une vulgaire peinture !

Mais plus j'en étudiais les traits, plus je trouvais magnifique ce jeune homme aux boucles brunes, au front haut, au nez droit. Son menton, son cou exprimaient à la fois grâce et force ; les épaules étaient larges, les mains, fines. Son costume de velours était couleur de saphir ; la dentelle blanche au col et aux poignets rehaussait son teint cuivré. Oui, vraiment, il était d'une beauté extraordinaire. Je me résolus enfin à détourner la tête, honteuse.

— Que pensez-vous de lui ? me demanda la Bête.

Je jetai un bref coup d'œil sur le portrait, tout en réfléchissant : l'artiste qui avait su capter cette expression était sans nul doute un génie ; il avait dû se sentir épuisé, une fois son œuvre achevée : ne l'étais-je pas, après quelques minutes seulement d'observation ?

— Il est mort bien jeune, répliquai-je enfin.

Un silence étrange s'installa, mais soudain, je sursautai. La Bête avait repris la parole :

— Permettez-moi de vous montrer la bibliothèque.

Nous descendîmes la moitié d'un escalier, et la Bête poussa une porte sous une arche soutenue par des piliers. Regardant derrière moi, je vis que les portraits s'enfonçaient dans les ombres. Pourtant, l'image du dernier jeune homme continuait de hanter mon esprit. Je l'en chassai de force, mais les questions se bousculaient dans ma tête. Quel était le rôle de la Bête dans cette histoire ? Qu'était-il advenu de cette famille, propriétaire depuis des milliers d'années de ces terres ? La Bête était-elle une sorte de cerbère, chargé de garder des trésors insoupçonnables, plus merveilleux encore que tous ceux dont j'étais déjà entourée ? Mais je n'eus pas le courage d'aborder le sujet car, une fois de plus, je me sentis tout d'un coup minuscule et insignifiante, si loin des miens. De nouveau, les craintes m'étreignirent, et je fixai la Bête d'un regard affolé, comme le premier soir. Et soudain, tous mes doutes s'envolèrent. Je n'avais rien à craindre de la Bête. En ce château enchanté, elle était mon amie, ma complice. Elle aussi s'était perdue dans les labyrinthes de couloirs, elle aussi avait dû apprendre le langage des serviteurs invisibles. Dans ses yeux, je lisais la bonté et un soupçon d'anxiété. Je souris, oubliant la galerie des portraits, et pénétrai dans la bibliothèque.

Elle aurait pu contenir la maison que nous avions à la ville. Jamais de ma vie je n'avais vu autant de livres.

— Il y en a jusqu'au plafond ! m'écriai-je. Comment les attraper ?

Un escalier roulant muni d'un côté d'une rampe s'approcha de moi. J'eus l'impression qu'il allait s'éclaircir la gorge et m'inviter à y grimper.

— Vous me rappelez notre valet, à la ville, lui dis-je. Il se tenait au garde-à-vous, exactement comme vous. Frottez-vous aussi bien que lui l'argenterie ?

L'escalier recula en effectuant un demi-cercle, et je songeai qu'il ne savait probablement plus ce qu'il devait faire.

— Ne le taquinez pas, me conseilla la Bête. Il va essayer de frotter l'argenterie uniquement pour vous faire plaisir. Or, il n'est pas conçu pour cela.

J'éclatai de rire.

— Oh, pardonnez-moi, monsieur. Je ne vous demande pas de frotter l'argenterie.

L'escalier eut un soupir. De soulagement, probablement.

— Vos souhaits vous mettent-ils parfois dans des situations embarrassantes ? demandai-je à la Bête.

— Non. On obéit à mes ordres, pas à mes souhaits.

Je me détournai tristement, mais les rangées de livres m'attiraient irrésistiblement et, malgré moi, je m'avançai vers l'étagère la plus proche.

— Je ne savais même pas qu'il pouvait en exister autant dans le monde ! m'étonnai-je.

J'entendis à peine la réponse de la Bête :

— En fait, il n'y en a pas autant…

Je m'emparai au hasard d'un ouvrage, l'ouvris à la page de garde.

— *Poèmes de Robert Browning, Œuvres complètes*, lus-je à voix haute, intriguée. C'est curieux, je n'ai jamais entendu parler de cet auteur.

Moi qui me croyais cultivée…

La Bête ne dit rien, mais lorsque je levai le nez, je vis qu'elle m'observait d'un air curieux, d'une extrême intensité. Je rangeai le Browning, en pris un autre. *Les Aventures de Sherlock Holmes*. Puis *Hamlet* et, enfin, *Kim*.

— Rudyard Kipling ! m'écriai-je, au comble du désespoir. C'est le nom d'un écrivain ? Je n'ai entendu parler d'aucun d'entre eux ! De surcroît, le papier est bizarre, les lettres ont de drôles de formes. Qu'est-ce qui ne va pas ?

— Mais tout va très bien, m'assura la Bête, d'un ton amusé qui m'agaça. Cette bibliothèque est… Eh bien…

La Bête marqua une pause avant de continuer.

— La plupart de ces œuvres n'ont pas encore été écrites.

J'écarquillai les yeux, éberluée, serrant *Kim* contre mon cœur.

— Mais ne vous inquiétez pas, elles le seront. Je vous conseille de commencer par le Browning. Ces poèmes ne vous troubleront pas trop. Personnellement, je les aime beaucoup.

Je croyais m'être accoutumée aux surprises que me réservait inévitablement ce château enchanté, mais je découvris avec désarroi que je ne l'étais pas.

— Je… Si je comprends, vous lisez, alors ?

m'enquis-je avant d'ajouter, sans réfléchir : Vous pouvez tourner les pages ?

Son rire, qui se traduisait par un borborygme assourdissant, me fit frémir.

— Mais oui, à ma manière. Vous le verrez vous-même : quelques-uns de mes ouvrages préférés ont nettement souffert aux coins.

Je m'efforçai en vain de recouvrer mes esprits. La Bête me tendit un bras, secoua la dentelle autour de son poignet, étira les doigts de sa main, dont les extrémités luisaient.

— Elles sont semi-rétractables, bien que moins sophistiquées que celles du chat.

Un frisson, et des griffes recourbées, longues d'environ dix centimètres, apparurent. Celles de l'index et du pouce se rencontraient.

— Je suis évidemment tenté de tout déchirer, lorsque ma maladresse m'empêche de bien tourner une page.

La Bête s'exprimait presque avec gaieté. Je n'avais plus peur, j'étais rouge de confusion.

— Je suis désolée, balbutiai-je.

Les griffes se rétractèrent, le bras retomba.

— Ne le soyez pas. Cela ne me gêne pas d'en parler. Mais peut-être que cela vous gêne, vous.

La Bête me dévisagea longuement.

— Oh, non !

J'avais répondu d'instinct, mais un bref instant de réflexion me fit prendre conscience que c'était la vérité.

— Non, insistai-je, cela ne me gêne pas du tout.

À travers la fenêtre, un rayon de soleil projeta une succession de taches couleur de miel.

— Le solcil ! Il ne pleut plus !

Je me précipitai vers la fenêtre, bientôt rejointe par la Bête. Le jardin brillait de propreté, les tours du château paraissaient rajeunies, rafraîchies.

— Je vais pouvoir sortir Grandcœur !

— Oui. Il vous attend sans doute impatiemment, renchérit la Bête, avec moins d'entrain. Je vous laisse donc pour le moment. Je vous reverrai ce soir.

La Bête pivota sur ses talons.

— Non ! Attendez !

Je levai une main, mais n'atteignis pas tout à fait le velours bleu. La Bête s'immobilisa, se retourna lentement vers moi.

— Attendez, répétai-je. Grandcœur aime tous ceux que j'aime. Venez avec nous.

La Bête secoua la tête.

— Merci, c'est très gentil à vous, mais je suis obligé de dire non. Ce n'est pas nécessaire et, de toute façon, je puis vous assurer que ce serait peine perdue. Je vous verrai ce soir.

— Je vous en prie !

— Belle… Je ne peux rien vous refuser, mais ne me demandez pas cela. Grandcœur vous aime. Ne brisez pas sans raison la confiance qu'il a en vous.

— Je vous en prie !

Après un long silence, la Bête accepta mon offre, mais à contrecœur.

— Très bien.

— Venez.

Je passai la porte par laquelle nous étions entrés et empruntai un corridor, à l'opposé de la galerie de portraits. La Bête m'emboîta le pas. Comme toujours, dès le premier virage, je tombai sur la Chambre de Belle, et de là, il m'était facile de retrouver le grand escalier pour gagner le hall d'entrée. Je m'arrêtai là pour attendre la Bête. Lorsqu'elle ne m'adressait pas la parole, sa présence me devenait oppressante : j'eus l'impression que j'attendais d'être rattrapée par l'orage.

Nous sortîmes ensemble dans la cour. L'air était frais et humide sur mes joues.

— Pas dans l'écurie, intervint la Bête. Donnons une chance à ce pauvre cheval. Je reste ici.

La Bête alla s'asseoir sur un banc, à la lisière du jardin. Je partis chercher Grandcœur.

Il était heureux de me voir, mais surtout d'aller se promener. Je m'aperçus tout à coup que j'avais peur. Peut-être aurais-je mieux fait d'écouter les mises en garde de la Bête ? Comment Grandcœur réagirait-il ? Il était docile avec moi, mais pas au point de se jeter dans la gueule du loup sous prétexte que je lui en donnais l'ordre. Après une légère hésitation, j'entrepris néanmoins de le seller. Il était trop tard, à présent. Je n'avais aucune chance de le convaincre avec seulement un licou et une corde, et en restant à terre. Montée, je pourrais peut-être rester suffisamment en selle pour parvenir à le raisonner. Grandcœur, bien que surpris d'être harnaché à cette heure, était de fort bonne humeur, renâclant d'aise et tirant sur les rênes tandis que la porte de l'écurie s'ouvrait devant nous. Sentant son humeur, je m'empressai de le monter avant qu'il ne soit sorti. Dès qu'il eut passé la tête, ses narines s'agrandirent et il souffla, se tournant vers le banc qu'occupait la Bête. Je le sentis se changer en statue de fer sous moi. La porte se referma derrière nous, chassant une dernière bouffée d'air parfumée de foin, qui vint me caresser les cheveux. Grandcœur ne quittait pas la Bête des yeux, l'écume apparaissait aux coins de sa bouche. Je rassemblai tout mon courage.

Il nous fallut un quart d'heure pour parcourir les cinquante mètres nous séparant de la Bête. Les cuisses du cheval furent bientôt ruisselantes de sueur, mais il obéit à mes ordres. Je lui chuchotai des mots doux tandis qu'il avançait, mais, pour la première fois de sa vie, il n'aplatit pas son oreille dans ma direction pour mieux m'écouter, tant il était concentré sur la silhouette massive assise sur le banc de marbre blanc.

À dix mètres de sa destination finale, Grandcœur se figea et ne voulut plus bouger. J'enfonçai les talons dans ses flancs et secouai les rênes. En vain. Il était terrifié.

— Ne vous levez surtout pas ! dis-je, haletante, à la Bête. C'est un peu plus difficile que je ne l'imaginais.

— Vous pouvez compter sur moi. Je ne croyais pas que vous arriveriez jusqu'ici.

Au son de la voix de la Bête, Grandcœur perdit son sang-froid. Il se cabra avec une telle sauvagerie que je plongeai en avant pour ne pas tomber. Il poussa un hennissement strident et douloureux. Toujours dressé sur ses jambes, il effectua un brutal demi-tour et, en deux pas, regagna le fond de cette cour qu'il avait mis si longtemps à traverser.

— Mais non, triple andouille ! Arrête un peu ! Veux-tu m'écouter, à la fin ? hurlai-je.

Je démêlai mes mains de sa crinière et tirai de nouveau fortement sur les rênes. Il remua les oreilles, s'arrêta, à bout de souffle comme après une longue course au galop. Se retournant en même temps, il contempla de loin cet ennemi qui lui avait valu une telle frayeur, fit quelques pas de côté. La Bête s'était mise debout, sans doute au moment où Grandcœur s'était emballé. À présent, comme je paraissais dominer la situation, elle se rasseyait.

Je laissai tomber les rênes et me penchai pour lui caresser les épaules. Grandcœur inclina lentement la tête. Je lui parlai, je lui expliquai qu'il était très bête et que, avec moi, il n'avait rien à craindre. Je lui dis que tout allait bien, qu'il devait se décontracter et surtout, surtout, ne plus avoir peur.

— Bien, soupirai-je enfin. Essayons encore.

Je repris mes rênes et forçai Grandcœur à se tourner vers la Bête.

Le cheval effectua le parcours très lentement, mais, cette fois, c'était plus par fatigue que par refus. Lorsque nous fûmes à une dizaine de mètres de la Bête, il hésita, mais je lui donnai un léger coup de talons, et il reprit son chemin sans protester.

— Le problème est résolu, annonçai-je. Il a honte, et il fera tout ce que je lui demanderai.

Nous atteignîmes enfin le banc de marbre. Dans un mouvement mi-désespéré, mi-résigné, Grandcœur baissa le museau jusqu'au genou de la Bête.

— Seigneur Dieu ! murmura-t-elle.

Grandcœur dressa les oreilles en entendant le son de sa voix, mais ne broncha pas.

Je mis pied à terre, et Grandcœur me gratifia d'une pression affectueuse sur la poitrine, tandis que je le caressais derrière les oreilles.

— Vous voyez ? Ce n'était pas si pénible que cela !

Je m'adressais à eux deux, comme si j'avais été sûre dès le départ que tout irait bien.

— Autrefois, j'aimais beaucoup les chevaux, me confia la Bête.

Ses mots avaient une résonance lointaine, comme si ce souvenir remontait à plusieurs siècles. Je la dévisageai d'un air intrigué, mais ne dis rien.

— Oui. Je n'ai pas toujours été tel que vous me voyez aujourd'hui.

Je ne pris pas l'initiative de l'interroger sur ce sujet : je préférais me féliciter de ma propre petite victoire, et laisser les grands secrets se cacher dans leur château enchanté.

La Bête nous quitta peu après. J'en fus vaguement déçue, mais ne cherchai pas à la retenir. Je pris mon déjeuner seule, et sortis tôt pour la promenade de l'après-midi. Je ménageai Grandcœur, et lorsque je le ramenai à l'écurie, il me fallut redoubler de caresses et de mots doux. Après l'avoir soigneusement pansé, je m'installai entre ses jambes antérieures pour lui raconter des histoires, comme à un enfant avant de le coucher. Il fut enfin complètement calmé, et je pus rejoindre la Bête, qui m'attendait au-dehors pour admirer le coucher du soleil.

— J'ai eu une très longue conversation avec Grandcœur.

La Bête se garda de tout commentaire.

Ce soir-là, tandis que la brise magique déroulait puis remontait mes couvertures jusqu'à mon menton, j'entendis de nouveau les voix que j'avais perçues, le soir de mon arrivée. À plusieurs reprises, déjà, à l'instant où j'allais basculer dans le sommeil, j'avais cru reconnaître des chuchotements.

— Alors ? Es-tu satisfaite ? Ou plutôt, commences-tu à espérer ? Es-tu rassurée ? Tu vois que tout va pour le mieux.

Il y eut un soupir.

— Oh oui, tout va mieux que je n'osais le souhaiter, et pourtant, ça ne suffit pas. C'est trop demander, beaucoup trop ; comment une créature aussi frêle peut-elle comprendre ? Comment peut-elle deviner ? Il n'y a rien qui puisse la guider : c'est interdit.

— Tu te préoccupes trop de son sort.

— Je n'y peux rien. Tu sais que c'est impossible.

— C'est exprès. Mais ce n'est pas une raison pour abandonner.

— Mon Dieu ! Mon Dieu ! Si seulement nous pouvions lui être d'un quelconque secours…

— Nous ne le pouvons pas. D'une part, elle ne nous entend pas, et dans le cas contraire, ce serait à nous de nous taire.

Les paupières lourdes de sommeil, je songeai que la première voix ressemblait étrangement à celle de ma toute première gouvernante, Miss Dixon, qui m'avait appris l'alphabet ; elle m'avait aussi appris à reconnaître les pays sur le globe ; mais en dépit de tous ses efforts, elle n'avait jamais réussi à m'enseigner la broderie. Ce soir, son image me revenait en mémoire avec une clarté surprenante. Bonne, douce, dotée d'un esprit pratique, Miss Dixon avait eu horreur des contes de fées et ne croyait ni aux sorcières, ni aux magiciens. Jamais je ne me serais attendue à la rencontrer dans un château enchanté !

— Oui, je sais, je sais. Et au fond, c'est probablement aussi bien, car si nous pouvions nous adresser à elle, la tentation serait trop grande. Et alors, nous n'aurions plus aucun espoir… Bonne nuit, mon cœur. J'ai le droit de lui souhaiter une bonne nuit, non ? Je suis sûre qu'elle n'en dormira que mieux.

— C'est possible. Bonne nuit, mon enfant. Fais de jolis rêves.

Je me surpris à vouloir les rappeler, leur dire que je les entendais, que j'avais envie qu'elles me parlent. Je voulais comprendre. Qu'y avait-il d'impossible ? Espérer quoi ? Mais ma bouche ne s'ouvrait plus, et je me réveillai en sursaut pour découvrir une demi-lune à ma fenêtre. Je contemplai quelques instants le ciel constellé d'étoiles avant de me rendormir.

3

Après le printemps vint l'été. Je n'eus plus besoin de prendre ma houppelande lors de mes longues promenades de l'après-midi, et les marguerites envahirent les prés. J'achevai ma relecture de l'*Iliade*, et entrepris celle de l'*Odyssée*. J'étais toujours aussi passionnée par Homère, je continuais de détester Cicéron. Je relisais sans m'en lasser *Les Bacchantes* et *Médée*, au point que je connaissais presque par cœur ces deux tragédies. Ayant retrouvé le chemin de l'extraordinaire bibliothèque que m'avait montrée la Bête, je pus aussi suivre ses conseils et découvrir les poèmes de Browning. Ils me plurent beaucoup, bien que, par moments, ils me parussent un peu obscurs. Je me risquai ensuite à lire *Les Aventures de Sherlock Holmes*, mais dus abandonner au bout de quelques pages, car je n'y comprenais rien. Et puis, tout à fait par hasard, du moins en eus-je l'impression, je tombai sur toute une étagère d'histoires merveilleuses et de vers d'un certain sir Walter Scott. Je me gardais bien d'entrer dans la galerie des portraits. Le château, comme d'habitude, avait tout organisé en fonction de mes allées et venues, et pour atteindre mon but il me suffisait, en sortant de ma chambre, de suivre un couloir assez court et de gravir un petit escalier.

La Bête nous rejoignait de temps en temps, Grand-cœur et moi, pour la promenade du matin. Au début, le cheval se montra assez nerveux, bien qu'il ne s'emballât jamais comme la première fois. Mais après quelques semaines, il sembla à peu près aussi à l'aise que moi en la compagnie de notre hôte. Je pouvais donc le laisser marcher à sa guise, sans bride, comme il l'avait fait à la maison. Je remarquai tout de même qu'il s'arrangeait toujours pour que je me trouve entre lui et la Bête, qui ne cherchait pourtant jamais à le toucher.

Parfois, la Bête venait me trouver à la bibliothèque, où je m'étais lovée dans un confortable fauteuil pour lire *La Fiancée de Lammermoor* ou *L'Anneau et le Livre*. Un jour, me voyant sourire à propos de « Comment ils apportèrent la bonne nouvelle de Gand à Aix », la Bête me demanda de lui dire le texte à haute voix. J'hésitai. J'étais tout près de la fenêtre, où s'était placé d'office mon siège préféré, un coude en appui sur le rebord recouvert de vigne vierge. La Bête se détourna de moi le temps d'appeler un autre fauteuil, lequel fut bientôt rejoint par un tabouret aux quatre pieds d'ivoire arqués comme les pattes d'un bouledogue, puis s'assit. Chassant mes inquiétudes de mon esprit, je répondis à son souhait.

— Et maintenant, à vous ! dis-je tout à coup.

La Bête attrapa l'ouvrage au vol, puis, s'adossant, se mit à tourner les pages (avec une grande dextérité, m'empressai-je de noter). Elle me fit rire en lisant avec beaucoup d'humour le « Soliloque dans un cloître espagnol ». Sur le moment, je n'en eus pas conscience, mais c'était le début de ce qui allait devenir un rite : dès lors, pratiquement chaque jour, nous lûmes tour à tour à voix haute. Et lorsqu'un jour, après plusieurs semaines de lecture à raison d'un chapitre par séance, la Bête ne vint pas, j'en fus cruellement déçue. Le soir même, alors que nous admirions ensemble le coucher du soleil, je lui avouai le désarroi qu'avait causé son absence. La Bête en parut flattée et m'assura que cela ne se reproduirait plus.

Cette brève conversation m'incita à réfléchir. J'étais émerveillée de constater que nous ne nous lassions pas de nous rencontrer. Mais ce qui m'étonnait encore plus, c'était de me rendre compte que je *cherchais* sa compagnie. Nous nous voyions donc plusieurs heures chaque jour ; et pourtant, plus le temps passait, plus j'attendais avec impatience le prochain rendez-vous, plus ses visites me semblaient trop courtes. Sans doute était-ce dû au fait que nous étions dépendants l'un de l'autre pour échapper à nos solitudes respectives. Mais j'étais suffisamment lucide pour savoir que ce n'était pas tout. Je m'efforçais de ne pas y songer, de savourer pleinement tous ces instants de bonheur. Les événements ne se déroulaient pas du tout comme je l'avais imaginé, le dernier mois à la maison, quand une rose magique avait veillé en silence sur notre salon.

Je n'avais que deux plaintes à formuler à propos de ma nouvelle existence. D'une part, je me languissais de ma famille. Le seul moyen que j'avais de ne pas sombrer dans la tristesse était de ne pas y penser, ce qui était presque aussi douloureux que la séparation en elle-même. D'autre part, chaque soir après le dîner, quand je quittais la longue table de l'imposante salle à manger pour monter me coucher, la Bête renouvelait sa proposition :

— Belle, voulez-vous m'épouser ?

Et chaque soir, je répondais :

— Non.

Pendant les premières semaines, j'avais jeté un coup d'œil par-dessus mon épaule en m'enfuyant, craignant d'être poursuivie. Mais la Bête ne bougeait pas, et les jours passant, ma peur céda à l'amitié, et même à une certaine affection. Je finis par redouter cet instant pour une tout autre raison : j'étais malheureuse de lui refuser la seule chose qui m'était demandée. Mon « non » était toujours aussi catégorique, mais je le prononçais de plus en plus calmement, tandis que ma honte croissait. Nous avions de si bons moments… Pourquoi la journée devait-elle se terminer ainsi ? J'aimais beaucoup la Bête, mais la perspective de devenir son épouse m'horrifiait.

La Bête m'ayant expliqué que je n'avais pas à me laisser bousculer par mes serviteurs invisibles, surtout ceux qui manipulaient plats et couverts pendant mes repas, je me mis petit à petit à exprimer mes désirs. La table était si abondante que j'aurais pu ne jamais manger deux fois la même chose mais, tout en appréciant la variété, j'éprouvais de temps en temps un besoin de répétition. J'aimais tout particulièrement un cake aux épices, que je réclamai à plusieurs reprises. Parfois, il surgissait de nulle part au-dessus de ma tête, pour venir se placer sur une assiette juste devant moi. Ou encore, il arrivait sur un petit plateau d'argent multipattes qui, de l'autre bout de la table, se rapprochait par bonds jusqu'à moi.

Un soir, vers le milieu de l'été, je demandai mon dessert préféré. La Bête était, comme de coutume, assise à ma droite, un verre et une bouteille de vin devant elle. J'avais mis de nombreuses semaines à la persuader de prendre quelque chose pendant que je me restaurais, et elle avait fini par accepter de boire au moins quelques gorgées avec moi.

— Tenez, vous devriez goûter ceci ! m'exclamai-je en lui coupant une part de cake avec un couteau en argent.

— Merci, répondit la Bête. Mais je vous ai déjà dit que je ne peux pas me servir de couverts.

— C'est inutile ! répliquai-je. Hé ! Ça suffit ! m'écriai-je à l'intention du gâteau, qui se précipitait sur mon assiette. Je préfère me servir moi-même ! Laissez-moi ! Regardez ! ajoutai-je pour la Bête, en mordant dedans.

— Ne me taquinez pas. C'est impossible. De toute façon, ma bouche n'est pas… heu… faite pour mastiquer.

— Ni plus ni moins que celle de Honey, ripostai-je.

Je lui avais parlé de l'affreux mastiff de Mélinda.

— Honey *aspire* littéralement tartes et gâteaux, par kilos entiers, si on ne la surveille pas. Celui-ci est vraiment délicieux. Ouvrez la bouche.

Je me levai, ma tranche à la main, et me dirigeai vers la Bête, qui m'observait d'un air méfiant. J'avais l'impression d'être la petite souris de la fable, confrontée au lion. J'ébauchai un sourire.

— Allons ! Cela ne vous fera aucun mal !

— Je…

Je poussai le bout de gâteau entre ses dents, pivotai sur mes talons et retournai m'asseoir pour m'en servir une autre part. Je pris soin, comme je le faisais toujours quand elle buvait, de ne pas regarder la Bête. Un instant plus tard, je l'entendis déglutir. J'attendis une minute, relevai la tête et vis dans ses yeux une lueur extraordinaire.

— Alors ? m'enquis-je d'un ton brusque.

— Il est excellent.

— Prenez-en encore un peu, proposai-je en me précipitant vers son siège.

La Bête marqua une hésitation, me dévisagea longuement, puis ouvrit docilement la bouche.

— Je vais sûrement avoir mal à l'estomac.

— Mais non ! protestai-je avec véhémence, avant de me rendre compte que la Bête me taquinait.

Nous nous mîmes à rire ensemble, tant et si fort que la table entreprit une danse joyeuse, et que le lustre tournoya sur sa chaîne, tous les pendants en cristal tintinnabulant gaiement.

— Oh ! soupirai-je enfin, épuisée.

La théière versa dans ma tasse un thé parfumé au zeste d'orange. Je le bus en silence, heureuse d'avoir si bien ri. Lorsque j'eus terminé, je me levai.

— Il est temps que je monte. Entre une chose et une autre, Browning par-ci, Kipling par-là, je n'avance plus du tout sur Catulle.

— Belle, voulez-vous m'épouser ?

L'univers tout entier se figea, comme l'automne au lendemain de la première neige. Je fermai les yeux, serrai les poings.

— Non, la Bête, murmurai-je, paupières closes. Je vous en supplie… Je vous aime beaucoup. Mais je vous serais reconnaissante de ne plus me le demander. Car je ne peux pas, vous entendez, je ne peux pas vous épouser. Il m'est pénible de vous répondre tous les soirs « non ».

— Je ne peux m'empêcher de vous poser la question.

Je crus percevoir dans sa voix une nuance qui m'attrista et m'effraya à la fois. La Bête eut un geste brutal, et la bouteille bascula, mais en un mouvement, elle la rattrapa, avec une grâce qui me parut inhumaine. Elle resta immobile, contemplant la bouteille comme s'il s'était agi du futur, la tête et le dos courbés.

— Vous… Vous avez une grande force, dis-je.

— Une grande force ? railla la Bête. Oui, j'ai une grande force.

Elle avait prononcé ce dernier mot d'un ton traînant, comme si sa sonorité lui était désagréable. Elle se redressa, tint la bouteille à bout de bras. Puis soudain, sa main se ferma autour du goulot, et le cassa. Une cascade de petits bouts de verre se répandit par terre.

— Oh ! Vous vous êtes blessé !

À la tache de vin blanc maculant la nappe se mêlaient de grosses gouttes de sang qui s'échappaient lentement de ses doigts refermés.

La Bête se leva, et, me retenant d'aller vers elle, je frémis en me recroquevillant sur moi-même. Elle inspecta sa main.

— Ce n'est rien. C'était idiot de ma part.

Sur ce, elle fit demi-tour et s'éloigna vers le bout de la table, sans me regarder. Une porte s'ouvrit dans un coin, et elle sortit.

Je mis quelques minutes à recouvrer mes esprits, puis décidai d'aller me réfugier dans ma chambre. Mes jupes brodées me paraissaient plus lourdes et encombrantes que jamais, les manches et le corset, plus contraignants. La Bête avait disparu.

Ma soirée était gâchée. J'aimais lire auprès du feu,

aussi ma chambre s'arrangeait-elle pour être assez fraîche, afin que j'en apprécie d'autant la chaleur des flammes. Mais à présent, je ne parvenais plus du tout à me concentrer sur Catulle, que je trouvais décidément morose et geignard. Et puis, je n'arrivais pas à me mettre dans une position confortable. Même le feu semblait d'humeur boudeuse. Je me rendis compte une fois de plus combien j'étais perturbée par la séparation d'avec ma famille. Ils me manquaient plus que jamais, tous autant qu'ils étaient. Richard et Miséricorde étaient maintenant âgés de plus d'un an. Sans doute marchaient-ils. Peut-être prononçaient-ils leurs premiers mots ? Ils ne devaient avoir aucun souvenir de leur tante, partie depuis quatre mois. J'imaginai Espérance, le sourire aux lèvres, jouant avec eux, leur chatouillant la plante des pieds avec une marguerite. Je pensai à Ger, aux bras et au visage noirs de suie, un sabot de cheval coincé entre ses genoux, sur son tablier de cuir. Et Grâce, dans la cuisine, les joues rougies par la chaleur du four, une boucle blonde s'échappant de son filet. Enfin, Père, taillant au couteau un bâton. Je sentis un flot de larmes me remonter dans la gorge, mais elles ne coulèrent que lorsque je me remémorai la maison couverte de roses. J'enfouis ma tête dans mes mains et sanglotai.

Lorsque je me réveillai le lendemain matin, je me sentais encore fatiguée. J'avais la migraine, et les rayons de soleil qui déversaient des carrés de lumière sur le tapis me parurent froids, plats. Mon humeur ne s'améliora guère au fil des heures. Je pris mon petit déjeuner, m'habillai, marchai dans les jardins ; je lus, je bavardai avec la Bête, galopai dans les prés avec

Grandcœur. L'image de la maison recouverte de roses hantait mon esprit. Je ne voyais rien d'autre.

Au dîner, je fus silencieuse, comme je l'avais été presque toute la journée. La Bête m'avait demandé à plusieurs reprises si j'étais souffrante, si j'avais un problème, et chaque fois, j'avais éludé la question d'un ton brusque, voire impertinent. Je m'en voulais d'être aussi désagréable, mais comment lui expliquer ma souffrance ? J'étais venue à ce château de mon plein gré, pour sauver la vie de mon père, je devais respecter ma promesse. La Bête était si bonne avec moi que j'espérais être un jour libérée, mais je pouvais difficilement le lui demander. Du moins pas tout de suite, quatre mois à peine après mon arrivée.

Je fixais ma tasse de thé, quand la Bête m'interrogea une fois de plus.

— Belle, je vous en prie, dites-moi ce qui ne va pas. Peut-être pourrais-je vous aider ?

Je relevai la tête, irritée, j'ouvris la bouche pour lui dire de me laisser tranquille, et me ravisai en voyant son expression. Écarlate de honte, je baissai les paupières.

— Belle, répéta la Bête.

— Je… Ma famille me manque terriblement, avouai-je en un murmure.

La Bête se cala dans son siège, et il y eut un court silence.

— Vous envisagez donc de me quitter ?

La note de désespérance dans sa voix me bouleversa, et je me rappelai ses paroles du premier soir, quand elle s'était plainte de sa solitude. À l'époque, j'avais éprouvé de la pitié. Mon amitié avait-elle si peu de valeur, pour que je l'oublie si vite ?

— Je serais navrée de ne plus jamais vous revoir, répondis-je. Mais vous avez eu tant d'attentions envers moi que je… que je me suis demandé si éventuellement, au bout d'un certain temps, vous… heu… me laisseriez partir. Je souhaiterais néanmoins demeurer votre amie, bredouillai-je.

La Bête ne disait mot, et je poursuivis maladroitement :

— Je sais qu'il est encore trop tôt pour y compter : je ne suis ici que depuis quelques mois. Je n'aurais pas dû en parler. C'est ingrat de ma part… indigne. Je ne voulais rien dire, j'y étais fermement décidée, mais vous n'avez cessé de me harceler avec vos questions et… Ils me manquent tant, achevai-je en un sanglot.

— Je ne peux pas vous laisser partir.

Je dévisageai attentivement la Bête, qui soupira.

— Pardonnez-moi, Belle.

— Vous ne le pouvez pas ? soufflai-je.

Je me levai, m'éloignai en quelques pas de la table. La Bête, en appui sur un coude, m'examina longuement. Je ne voyais pas ses yeux. Devant moi, tout se brouillait. Je clignai des paupières.

— Ne jamais me laisser partir ? Jamais ? Je vais donc passer le restant de ma vie ici ? Sans revoir qui que ce soit ?

Intérieurement, je m'affolais : toute ma vie ? La Bête était là depuis deux siècles ! Combien de temps durerais-je ? Ce château était une prison : la porte ne s'ouvrait jamais.

— Mon Dieu ! m'écriai-je, la porte ne s'ouvre jamais ! Laissez-moi sortir ! Laissez-moi sortir !

Je levai les poings pour les abattre sur les panneaux

de bois qui semblaient se dresser devant moi, puis ce fut le vide.

Je repris conscience très lentement, par bribes. Les premières minutes, je ne me souvins même plus de l'endroit où je me trouvais : je me crus chez moi, dans mon lit. Mais c'était impossible : l'oreiller sous ma joue était tout doux, comme du velours, songeai-je dans ma torpeur. Du velours. À la maison, nous n'en avions pas. Sauf celui que nous avait envoyé la Bête, dans les sacoches de Père. La Bête. Mais bien sûr ! J'étais dans le château. Je m'y trouvais depuis plusieurs mois. Les événements reprirent un semblant d'ordre dans mon esprit. J'avais été très malheureuse. Oui, mais pourquoi ? Comment pouvais-je être malheureuse ici ? J'avais tout ce que je pouvais souhaiter, et la Bête avait tous les égards pour moi. Une pensée éphémère me vint : la Bête m'aime. Mais elle se dissipa aussitôt, et je l'oubliai pour constater tout simplement que j'étais fort confortablement installée, et que je n'avais aucune envie de bouger. Je frottai ma joue sur le velours chaud. Un étrange parfum s'en échappait : un parfum évoquant la forêt, la résine de sapin, la mousse, l'eau de source.

Je recouvrai enfin totalement la mémoire. Si j'avais été si triste, c'était parce que ma famille me manquait. Et parce que la Bête m'avait annoncé qu'il lui serait impossible de me renvoyer chez moi. Ensuite, j'avais dû m'évanouir. Je me rendis compte tout d'un coup que mon coussin de velours se soulevait et se rabaissait tranquillement, au rythme d'une respiration, et que mes doigts étaient accrochés à ce qui devait être le devant d'une veste. Sur mes épaules, un poids : celui d'un bras, peut-être ? J'étais à demi assise. Je tournai la tête de quelques centimètres, j'aperçus un peu de dentelle, et en dessous, un bandage blanc cachant une main très foncée. Je revins brutalement à la réalité.

J'étouffai un cri, lâchai les plis de velours, m'écartai d'un mouvement violent. Je me retrouvai à genoux au bout d'un petit divan. Pour la première fois, je vis la Bête se dresser avec peine et reculer, les bras tendus vers moi, l'air profondément peiné.

— Vous vous êtes évanouie, chuchota-t-elle. Je vous ai rattrapée avant que vous ne tombiez. Vous… vous auriez pu vous faire mal. Je voulais seulement vous allonger là.

Je ne bougeai plus, mes ongles s'enfoncèrent dans le matelas, mais je ne parvenais pas à me détourner.

— Vous… vous vous êtes agrippée à moi, déclara la Bête d'un ton suppliant.

Je ne voulais pas en entendre davantage. Quelque chose en moi se brisa, et, me couvrant les oreilles, je me laissai glisser du sofa pour m'enfuir en courant. La Bête s'écarta. Une porte s'ouvrit devant moi, et je me ruai dans cette direction. Puis je dus m'arrêter, pour me repérer. J'étais dans le grand hall d'entrée. La Bête m'avait portée de la salle à manger au salon, en face. Je rassemblai mes jupes et courus jusqu'à ma chambre comme si j'avais été poursuivie par le diable en personne.

Je dormis d'un sommeil fort agité, entrecoupé de cauchemars atroces dans lesquels, chaque fois, revenait l'arrogant jeune homme du portrait tout au bout de la galerie, près de la bibliothèque. Il semblait me transpercer du regard et me narguer, sauf la dernière fois, où il m'apparut nettement plus âgé, les cheveux grisonnants, les traits marqués par la sagesse et le temps :

là, il me dévisageait avec une certaine tristesse. Je me levai juste avant l'aube, quand le rectangle noir de ma fenêtre se teinta de gris et que je pus en distinguer le pourtour. Je m'enveloppai d'une ravissante robe de chambre dont les couleurs, bleu électrique et rouge coquelicot, ne parvinrent pas à m'égayer, et m'assis sur la banquette pour regarder se lever le soleil. Oreillers et couvertures se rajustèrent dans un calme relatif, et ce, uniquement lorsque je n'avais pas la tête tournée dans la direction de mon lit. J'avais l'impression d'avoir été abandonnée à mon triste sort : la brise était partie après m'avoir couchée, la veille, et n'était pas revenue me tenir compagnie. Pourtant, souvent, lorsque j'avais eu des nuits agitées, elle m'avait apporté une tasse de lait chaud sucré au miel, et si j'insistais pour me lever malgré tout, un peignoir.

Je constatai qu'en dépit du manque de sommeil j'avais les idées parfaitement claires. Il me sembla même que jamais encore je n'avais été à ce point lucide. J'en avais presque le vertige. J'étais apparemment guérie de ma nostalgie. Mais ce n'était peut-être qu'une illusion de plus. Après tout, j'étais épuisée. J'avais subi un choc terrible. Un choc ? Quel choc ? Être transportée sur un divan : qu'y avait-il là de dramatique ?

J'avais toujours évité de toucher la Bête, ou de trop m'en approcher. Au début, je l'avais esquivée par peur, puis, celle-ci s'évaporant, par habitude. Mais mon attitude m'avait aussi servi de rempart contre autre chose, que je ne parvenais pas à décrire avec précision.

Cette étrange sensation de clairvoyance s'accrut avec la lumière. Le gris céda aux traînées roses, bientôt bordées d'or ; il n'y avait pas un seul nuage dans le ciel, et je voyais l'étoile du matin briller de tous ses feux, comme l'espoir au fond de la boîte de Pandore. J'ouvris en partie la fenêtre, et un petit courant d'air vint jouer avec mes cheveux.

C'est alors que j'entendis les voix. Je perçus tout d'abord un froufroutement de jupons en satin, et pivotai sur moi-même, m'attendant à trouver quelqu'un derrière moi.

— Mon Dieu ! Mon Dieu ! s'exclama la voix mélancolique. Regardez-moi ce lit : je suis sûre qu'elle n'a pas fermé l'œil de la nuit. Allons ! Allons ! poursuivit-elle, d'un ton plus sévère. Un peu de tenue, je vous prie !

Oreillers et couvertures entreprirent une valse folle, et le baldaquin eut un frémissement.

— Ne sois pas trop dure : eux aussi ont eu une nuit pénible.

— Comme tout le monde, oui. Et voyez-la, devant sa fenêtre ouverte, le cou protégé d'un bout de dentelle ! Elle va attraper la mort !

Je mis précipitamment la main à mon col de robe de chambre.

— Et ses cheveux ! Seigneur ! Qu'a-t-elle fabriqué ? S'est-elle tenue sur la tête ?

Ces voix, je les connaissais, puisque je les avais déjà écoutées plusieurs fois au moment de m'endormir. Elles appartenaient à mes servantes invisibles, à ma brise. En un clin d'œil apparurent une bassine d'eau chaude et des serviettes moelleuses. Un petit déjeuner me fut préparé, aussi, tandis qu'elles reprenaient leur conversation :

— Il est encore tôt, mais je suis certaine qu'elle se sentira mieux après avoir mangé. Comme elle est pâle ! Ce soir, nous devrons nous assurer qu'elle dormira bien.

Elles parlèrent ensuite de la journée à venir, de ma garde-robe, des difficultés qu'elles avaient à obtenir des plats correctement cuisinés, ou des planchers impeccablement cirés…

J'étais éberluée : ce ne pouvait être qu'un rêve.

Mais le soleil était là ; je me lavai les mains et le visage, je savourai mon petit déjeuner. Les voix ne se taisaient pas. Le tintement d'une tasse sur une soucoupe me persuada enfin que j'étais bel et bien réveillée. Je faillis m'écrier à voix haute : « Je vous entends ! », mais me ravisai juste à temps. En feignant d'être sourde, j'apprendrais peut-être, avec un peu de chance, ce que signifiaient toutes les discussions que j'avais entendues les semaines précédentes. Cependant, lorsque je vis avancer vers moi ma robe, je rassemblai mon courage :

— Vous m'avez manqué, hier soir.

— Mon Dieu ! Nous lui avons manqué. J'en étais sûre. Nous avions toujours été là auparavant. Mais nous ne pouvions pas le laisser seul. Je ne l'avais pas vu dans un tel état depuis… des années et des années ! J'ai toujours peur qu'il ne commette une bêtise dans ces cas-là. Oh ! Elle n'a rien à craindre, bien sûr. Mais nous l'avons toujours soutenu dans ces moments-là, cela semble plus prudent ; notre présence ne l'aide pas véritablement, elle le distrait. C'est mieux que rien, me semble-t-il.

— C'est très difficile pour lui. Beaucoup plus que pour nous.

— Évidemment ! (Avec indignation :) Nous sommes… des bénévoles. Être invisible n'est pas si terrible, une fois que l'on s'est habituée à ne plus se voir, tu sais.

— Oui, je sais, je sais.

— Heureusement que ce sorcier est parti tout de suite après en avoir terminé avec ses mauvais tours, sans quoi il aurait certainement été assassiné ! Les nuits comme celle que nous venons de vivre me rappellent toujours cet incident. Bien que je ne comprenne toujours pas en quoi tuer un sorcier comme ce… comme ce monstre, oui, ce démon, puisse être associé à un meurtre. Après tout, il ne s'agit même pas d'un être humain !

— Calme-toi, Lydia, ces discours ne te mèneront nulle part. Et s'il t'entendait, il serait furieux.

— Oh, Bessie, je sais que j'ai tort, mais parfois je… Je ne peux tout simplement pas m'en empêcher. (Au bord des larmes :) Ça ne marchera jamais !

— Libre à toi de penser ce que tu veux, quant à moi, je refuse d'abandonner la partie. Lui aussi.

— Je sais… (un petit rire).

— C'est une bonne fille. Intelligente. Elle finira par comprendre.

— La fin est encore loin, murmura Lydia.

— Justement : raison de plus pour espérer ; nous avons tout notre temps. Et puis, elle est beaucoup plus forte qu'elle ne le croit. As-tu vu les oiseaux ? Ils viennent dans le jardin, à présent, et tu sais bien que c'était formellement interdit. Rien, pas un papillon, pas un oiseau. Pourtant, aujourd'hui, nous avons les oiseaux.

— En effet, concéda douloureusement Lydia.

— Alors, tu vois ? insista Bessie, comme si tout était résolu. Allons ! Viens vite. Nous avons énormément à faire avant le déjeuner.

Des doigts invisibles me tapotèrent l'épaule, me caressèrent les cheveux, puis il y eut un tourbillon, et la brise disparut.

Je ne comprenais rien à rien. Un sorcier ? Sa présence dans ce château enchanté ne m'étonnait guère. Et la Bête, qui devait être le « il » de mes servantes magiques, était sûrement aussi sous le sort du mystérieux magicien. Quant à moi, j'étais considérée comme une « bonne fille, intelligente ». Ces paroles étaient-elles des indices, que je devais retenir et placer comme autant de pièces d'un puzzle ? Mon Dieu ! Je ne connaissais rien à la sorcellerie : dans mon milieu, ces matières avaient plutôt suscité le mépris ; je ne m'y étais jamais intéressée. Je me sentais soudain très bête, et un peu agacée contre Bessie, laquelle semblait si convaincue que tout finirait par s'arranger. Tout quoi ?

Je décidai de m'attaquer à un autre problème, plus concret. « Il » avait été de mauvaise humeur hier soir.

Ma gorge se noua. Était-« il » fâché contre moi ? Lydia avait bien précisé que je n'avais rien à craindre, néanmoins j'étais inquiète. L'idée qu'« il » pût m'en vouloir m'était désagréable : peut-être avais-je été vraiment méchante ? Devais-je lui demander pardon ? Et si la Bête refusait de me voir aujourd'hui ? Oh ! Comme je me sentais seule !

Je pris la boîte en fer contenant les graines pour les oiseaux et m'approchai de la fenêtre. Je me penchai dehors et sifflai, tout en étalant la nourriture sur le rebord. Papillons et oiseaux étaient interdits de séjour dans ce jardin. J'étais plus forte que je ne le croyais. Du moins Lydia et Bessie le prétendaient-elles. Je soupirai. Pourquoi ? Pourquoi ?

Une ombre passa devant mon visage, puis je sentis de minuscules pattes sur ma tête, tandis qu'un moineau s'y perchait.

— Descends, lui ordonnai-je avec douceur, en le délogeant pour le prendre dans ma main.

Je lui parlai de la pluie et du beau temps, puis essayai d'attirer un rouge-gorge dans ma paume pour y picorer sa graine. Il se contenta de pencher la tête. Les oiseaux n'avaient pas le droit de venir. Peut-être ceux-ci n'étaient-ils que des illusions créées par le château, ou par la Bête, parce que j'avais émis le souhait d'en avoir ? Ils paraissaient pourtant bien réels : je sentais leurs petites griffes s'enfoncer dans ma chair. Ils n'étaient jamais nombreux. Je les entendais parfois chanter, lorsque je sortais avec Grandcœur. Le sort jeté sur le château faiblirait-il ? Peut-être n'aurais-je pas à jouer jusqu'au bout les héroïnes ?

J'étais depuis une dizaine de minutes avec mes oiseaux, quand, soudain, je me sentis mal à l'aise. En effet, j'eus l'impression que j'essayais d'entendre l'écho d'un bruit si lointain qu'il n'existait peut-être même pas. Et pourtant, une brèche se formait à la lisière de ma conscience. Je tournai la tête d'un côté puis de l'autre, l'oreille aux aguets. Rien. Pas un son, pas un souffle. Les oiseaux dévoraient leurs graines, insouciants.

— La Bête ! Vous êtes ici… quelque part par ici. Je le sens.

En un éclair, la Bête apparut au coin du château et s'approcha d'une démarche normale sous ma fenêtre. Tous les oiseaux s'envolèrent aussitôt.

— Bonjour, Belle.

— Je ne sais pas ce qui m'arrive, balbutiai-je

comme une enfant cherchant le réconfort auprès d'un parent. Je me sens toute bizarre depuis que je me suis levée. Comment ai-je su que vous étiez là ?

La Bête demeura silencieuse.

— Vous êtes au courant, devinai-je, obéissant à mon tout nouveau sixième sens.

— Votre nouvelle clairvoyance va certainement me créer des ennuis.

Ma chambre était au premier étage, et le rez-de-chaussée étant très haut de plafond, j'étais à cinq mètres au-dessus de la Bête, qui n'avait plus relevé la tête après m'avoir dit bonjour. Aujourd'hui, son costume était de velours rouge foncé, bordé de dentelle ivoire.

— La Bête, dis-je avec douceur. Je… Je vous demande pardon de m'être si mal comportée, hier soir. J'ai été très insolente. Je sais que vous cherchiez à m'aider.

La Bête renversa la nuque, mais j'étais trop loin pour déchiffrer l'expression de son regard. Il y eut une pause, puis :

— Merci. Il n'était pas nécessaire pour vous de vous excuser. Mais merci.

Je m'avançai sur le rebord de la fenêtre, éparpillant dans ma précipitation les graines, qui tombèrent sur la Bête.

— Oh ! Je suis confuse.

La Bête esquissa un sourire.

— Vous ne venez pas vous promener dans le jardin ? Le soleil est déjà chaud, répondit-elle, tout en brossant la manche de sa veste.

— Si, bien sûr.

Je me précipitai dans la cour et courus jusqu'à

l'écurie, d'où je sortis peu après avec Grandcœur. Le cheval marcha devant nous, puis, trouvant un pré à son goût, se concentra entièrement sur l'herbe à mâcher. Je m'assis sur un mur de porphyre, face à la Bête, qui évitait de me regarder.

— Vous êtes au courant de ce qui m'est arrivé, repris-je. Je veux savoir de quoi il s'agit.

— Je n'en sais rien exactement, se défendit la Bête, l'œil rivé sur Grandcœur. Mais j'ai une petite idée sur la question.

Je remontai mes genoux sous mon menton. Les mains dans les poches, la Bête se tourna à demi vers moi.

— Alors ? Quelle est-elle, votre petite idée ?

— Je crains que cela ne vous plaise pas du tout, vous comprenez.

La Bête se résolut enfin à venir s'asseoir, mais continua de fixer le cheval.

— Alors ?

Un profond soupir.

— Comment l'expliquer ? Vous considérez cet univers, le mien, comme vous considériez celui dans lequel vous viviez auparavant, celui de votre famille. C'est compréhensible : vous n'avez vécu que dans ce monde-là. Mais ici, tout est différent. Les lois sont autres. Les avantages sont nombreux : les fleurs ne fanent jamais, par exemple, les arbres croulent toujours sous les fruits, vous êtes servie par des servantes invisibles.

Un rire.

— Beaucoup de livres de la bibliothèque n'existent même pas. Cependant, il est des choses auxquelles votre éducation et vos capacités ne vous ont pas préparée.

Un bref silence.

— Je me suis demandé, avant votre arrivée, comment vous réagiriez. Si vous veniez, bien sûr. Je ne peux pas vous en vouloir : après tout, vous avez été attirée ici malgré vous. Vous n'avez aucune raison de me faire confiance.

Je voulus intervenir, tout en redoutant de l'interrompre dans son élan, mais la Bête m'en empêcha.

— Attendez. Non, je sais que vous vous êtes habituée à moi, à mon physique, que ma compagnie vous distrait, que vous m'êtes reconnaissante de vous rendre agréable votre séjour.

Je rougis, les yeux sur mes mains croisées.

— Mais je ne vous en veux pas. Je le répète, vous n'avez aucune raison de me faire confiance. Bien au contraire. Et comme vous ne croyez pas en moi, vous ne croyez en rien qui ne corresponde aux valeurs auxquelles vous vous attachiez dans votre existence d'avant. Vous refusez d'accepter ce qui vous paraît trop extraordinaire. Vous ne le voyez pas, vous ne l'entendez pas, car pour vous, cela n'existe pas.

La Bête fronça les sourcils.

— D'après ce que vous m'avez dit, le premier soir, à votre fenêtre, vous avez eu une sensation de malaise. Je le comprends aisément : moi aussi, au début, j'avais peur. Et depuis, vous n'avez plus rien vu d'étrange.

— Je… ce n'est pas exprès, bredouillai-je, dépitée.

— Pas d'une manière consciente, acquiesça la Bête. Mais vous me résistez de toutes vos forces, comme le ferait n'importe quelle personne saine d'esprit, face à une créature comme moi.

De nouveau, une pause.

— J'ai eu un petit espoir, le jour où je vous ai montré la bibliothèque : quand vous avez découvert les œuvres de Browning et de Kipling. Ces ouvrages, vous les avez vus. Vous auriez pu ne voir que César et Spenser ou Cicéron, auteurs que vous connaissiez déjà. Plus tard, je me suis rendu compte que c'était le reflet de votre amour immodéré pour les livres ; cela n'avait aucun rapport avec moi, ou avec ce château et ses enchantements. Ensuite, les oiseaux sont venus jusqu'à vous. Là encore, j'ai espéré. Mais s'ils sont venus, c'est parce que vous vous languissiez de votre maison.

La Bête se tut si longtemps que je crus son discours achevé, et que je me mis à réfléchir à la question que j'allais lui poser ensuite. Mais je fus distraite par l'exceptionnelle qualité de ma vision, qui semblait avoir acquis une nouvelle profondeur, une sorte de rondeur qui variait selon ce que j'observais. Ainsi, Grandcœur m'apparaissait inchangé : immense, solide, patient et adorable. Mais l'herbe dans laquelle il évoluait saisissait d'une manière curieuse les rayons du soleil, elle semblait bouger au rythme d'un élément autre que le vent. Lorsque je relevai le menton, je vis la lisière de la forêt frémir et se liquéfier comme de l'encre sur un papier mouillé. Je repensai aux ombres mystérieuses que j'avais cru apercevoir de ma fenêtre, le premier soir. Aujourd'hui, pourtant, je n'avais plus peur. Je me dis que tout cela était ridicule. Que se passait-il ? Je clignai des paupières, le front plissé, et dévisageai avec insistance la Bête. Elle n'était ni moins imposante, ni moins poilue qu'auparavant, et pourtant, elle n'était plus tout à fait la même.

— Hier soir, reprit-elle, quand vous vous êtes évanouie, vous étiez sans défense. Je vous ai portée jusqu'au divan du salon. Je m'apprêtais à appeler vos servantes et à vous laisser tranquille. Mais lorsque je vous ai allongée, vous avez murmuré des mots dans votre sommeil, et vous vous êtes accrochée des deux mains à ma veste.

La Bête se leva, s'écarta de quelques pas, revint vers moi.

— Durant quelques minutes, vous avez été à l'aise, voire heureuse, dans mes bras. Et puis, vous vous êtes réveillée, vous vous êtes rappelé où vous étiez, vous avez fui. Ce sont ces quelques minutes d'abandon qui, je crois, ont provoqué les changements dont vous vous apercevez maintenant.

— Saurai-je désormais toujours que vous êtes tout près ? m'enquis-je pensivement.

— Je n'en sais rien. Probablement. Je sais toujours où vous êtes, près ou loin. Est-ce l'unique symptôme ?

— Non, avouai-je en secouant la tête avec vigueur. Tout ce que je vois est bizarre. Même vous.

— Hum… À votre place, je ne m'en inquiéterais pas. Comme je vous l'ai dit lors de notre première rencontre, vous n'avez absolument rien à craindre de moi. Voulez-vous rentrer, à présent ?

J'opinai, et nous repartîmes lentement en direction du château. Grandcœur, après avoir arraché une dernière touffe d'herbe, nous suivit. Nous ne parlions plus.

Le reste de cette journée se déroula comme à l'accoutumée. Je n'évoquai plus la nouvelle perception que j'avais des objets. À la fin de l'après-midi, je trouvai à l'air une qualité presque cristalline, aux pétales une couleur extraordinaire, indescriptible. Quant aux sons lointains que je croyais entendre, ils ne me dérangeaient plus. Ce soir-là, j'assistai au plus magnifique de tous les couchers de soleil. Stupéfaite et émerveillée par tant de beauté, je ne pus me résoudre à bouger que lorsque les premières étoiles furent apparues.

— Je suis désolée, dis-je à la Bête, qui se tenait juste derrière moi. Jamais je n'ai vu un aussi beau coucher de soleil. J'en avais le souffle coupé.

— Je comprends.

Je montai me changer pour le dîner, encore éberluée par le spectacle que je venais d'admirer. Sur mon lit, je vis étalée une robe toute de dentelle et de rubans argent. Un coin de la jupe tressaillit à mon arrivée, comme si une main invisible s'était apprêtée à la soulever, puis avait changé d'avis.

— Oh ! Pour l'amour du ciel, m'exclamai-je, excédée, oubliant pour un instant mes visions magiques. Nous nous sommes déjà bagarrées cent fois à ce propos. Je ne veux pas porter ça. Rangez-la tout de suite.

La robe flotta un moment devant moi et, bien que décidée à ne pas la revêtir, je ne pus m'empêcher de la regarder avec une certaine envie. Elle était vraiment très belle. Beaucoup plus belle que toutes les autres.

— Alors ? m'écriai-je sévèrement. Qu'attendez-vous ?

— Cette fois, cela risque d'être un peu plus délicat, fit la voix de Lydia.

J'eus une vague inquiétude et me demandai ce qu'elles manigançaient, mais la robe glissa jusqu'à la porte de l'armoire, sur laquelle elle se posa négligemment, tandis que l'on m'aidait à me déshabiller. J'étais occupée à libérer mes cheveux de leur filet, quand j'eus la sensation d'être prise dans une sorte de toile d'araignée, dont j'échappai avec peine pour découvrir, horrifiée, que j'étais habillée de la tenue que je venais de renvoyer à son armoire.

— Que faites-vous ? m'insurgeai-je, surprise et furieuse. Je ne veux pas mettre ça. Enlevez-la-moi !

Je cherchai les lacets, les boutons, mais ne trouvai rien pour la desserrer : peut-être avait-elle été cousue sur moi ?

— Non ! Que se passe-t-il ? J'ai dit *non* !

Une paire d'escarpins à talons dorés incrustés de diamants apparurent sur mes pieds, mes bras se couvrirent de bracelets d'opales et de perles.

— Cessez !

Cette fois, j'étais vraiment fâchée. Mes cheveux s'enroulèrent en un chignon, et je tendis la main pour en arracher l'épingle diamantée, que je jetai par terre. Mes cheveux retombèrent sur mes épaules. Elles étaient nues.

— Juste ciel ! m'écriai-je en baissant la tête pour découvrir avec horreur la profondeur du décolleté. Saphirs et rubis se posèrent sur mes doigts. Je les en arrachai et les lançai près de l'épingle.

— Ce n'est pas possible !

J'ôtai les escarpins, puis hésitai à déchirer la robe. Je ne voulais pas l'abîmer.

— C'est une tenue de princesse, marmonnai-je. Pourquoi toutes ces bêtises ?

— Vous êtes une princesse ! affirma Lydia, qui semblait éprouver quelques difficultés à respirer.

Bessie intervint :

— Il faut bien commencer quelque part, mais j'avoue que c'est assez décourageant.

— Pourquoi est-elle à ce point obstinée ? s'enquit Lydia. Cette robe est ravissante.

— Je n'en sais rien ! répliqua Bessie.

Je sentis tout à coup qu'elles reprenaient des forces, ce qui accentua ma fureur.

— Oui, c'est une robe ravissante, hurlai-je, tandis qu'en un clin d'œil mes escarpins revenaient sur mes pieds, mes cheveux se remettaient en chignon, mes bagues reprenaient leur place sur mes doigts. Voilà pourquoi je ne veux pas la porter. À quoi sert de mettre la queue d'un paon sur un moineau ! Le pauvre oiseau ne sera toujours qu'un misérable *moineau*.

Un filet de rayons de lune m'enveloppa les épaules, un pendentif se nicha au creux de ma gorge. Je m'assis au milieu de la chambre et fondis en larmes.

— Très bien ! Je ne peux pas vous arrêter. Mais je ne sortirai pas d'ici !

Je sanglotai un long moment, puis me redressai, entourée de mes jupons, et observai le feu dans la cheminée. J'enlevai le pendentif pour l'examiner de plus près : c'était un griffon en or, aux yeux de rubis et aux ailes déployées ; il était deux fois plus gros que celui de la bague. (Je la portais tous les jours et la posais soigneusement sur ma table de chevet pour la nuit.) Pour une raison inconnue, je me remis à pleurer. J'avais sûrement le visage ravagé, mais je ne sentais aucune trace de mes larmes, qui ne tachaient pas non plus ma robe de princesse. Penaude et anéantie par l'émotion, je remis le bijou autour de mon cou.

Je sus tout de suite que la Bête était là, à ma porte. Pourtant, plusieurs minutes de silence s'écoulèrent avant qu'elle ne prît la parole.

— Belle ? Quelque chose ne va pas ?

En général, il ne me fallait pas plus de quelques minutes pour me changer et descendre à la salle à manger.

— Elles me forcent à porter une robe qui ne me plaît pas, répliquai-je d'un ton boudeur. Je ne peux pas l'enlever.

— Elles vous y forcent ? Mais pourquoi donc ?

— Je n'en ai pas la moindre idée ! ripostai-je en me débarrassant des bracelets, que je jetai vers l'âtre.

Ils revinrent aussitôt sur mes bras.

— C'est curieux.

Un court silence, puis :

— Que lui reprochez-vous, à cette robe ?

— Elle ne me plaît pas.

— Heu… Puis-je la voir ?

— Bien sûr que non ! Si cela ne m'ennuyait pas de vous la montrer, pourquoi me cacherais-je dans cette chambre ? Qui d'autre pourrait la voir, sinon moi ?

— Parce que vous êtes sensible à ce que je pense de votre tenue ?

— Je ne veux pas la mettre ! répétai-je obstinément.

Il y eut une pause, puis je perçus un râle si impressionnant que je me recroquevillai sur moi-même. Et subitement, je me retrouvai sur mes pieds, tiraillée dans tous les sens, bousculée de toutes parts. Lorsque enfin la tempête fut passée, je m'aperçus que la robe de princesse s'était volatilisée. Lydia et Bessie avaient disparu, elles aussi. J'étais habillée d'une robe de couleur indéfinissable, oscillant entre le beige et le gris. Le col remontait très haut, presque jusqu'à mon menton. Je ris et me dirigeai vers la porte. Je sentis quelque chose à mon cou. J'y portai ma main. C'était le griffon. Lorsque j'ouvris, la Bête me considéra d'un œil grave.

— Je crains qu'elles ne soient fâchées contre vous.

— Vous avez sans doute raison, répliquai-je gaiement. Que leur avez-vous dit ? En tout cas, j'en ai été assourdie. Si c'est le mot qui convient.

— Ah ? Vous m'avez entendu. Je vous demande pardon. La prochaine fois, je ferai attention.

— Ce n'est pas grave. Vous avez obtenu le résultat escompté.

— Descendons-nous ?

La Bête pivota sur elle-même, désigna l'escalier.

— Vous ne m'offrez pas votre bras ?

Nous nous regardâmes longuement, droit dans les yeux. Autour de nous, chaque bougie, chaque carré de mosaïque, chaque fil de tapisserie semblait retenir son souffle. La Bête revint vers moi, et me présenta son bras. J'y posai ma main, et nous descendîmes.

4

L'été s'étiola paisiblement, et l'automne arriva. J'étais au château de la Bête depuis déjà six mois. Je n'avais toujours pas compris les mystérieux sous-entendus de mes invisibles servantes Lydia et Bessie. Quant à mon tout nouveau sixième sens, il ne s'était pas davantage développé. Du moins n'en avais-je pas l'impression. Et pourtant, certains des livres de la bibliothèque me paraissaient plus accessibles. Si je m'arrêtais pour essayer d'imaginer une automobile, par exemple, je n'obtenais qu'une forte migraine et gâchais ainsi tout mon plaisir. En revanche, lorsque je parvenais à me glisser dans l'univers d'un auteur, plus rien ne m'atteignait ; je n'en ressortais qu'en fermant l'ouvrage. Mais peut-être tout cela était-il normal ? N'avais-je pas accepté Cassandre et Médée, et le choix de Pâris parmi les trois déesses comme étant la raison principale de la Guerre de Troie, bien avant d'aborder les problèmes de machines à vapeur ou de téléphones ? N'avais-je pas accepté ma vie dans cette propriété enchantée ?

Je continuai d'écouter les conversations entre Lydia et Bessie sans leur faire savoir que je les entendais, mais n'appris rien d'intéressant. Il m'était parfois difficile de retenir des remarques que je n'aurais pas dû pouvoir faire. Mais il me semblait que Lydia, toujours franche et directe, ne soupçonnait rien. Quant à Bessie, je ne savais pas si elle s'en doutait ou non ; elle était la plus calme des deux, et je la connaissais moins. Peut-être la Bête les avait-elle prévenues ? En tout cas, je ne revis jamais la robe de princesse, pas plus que la robe beige-gris de pensionnaire. Ni Lydia, ni Bessie n'évoquaient l'incident, bien que Lydia, de temps à autre, explosât :

— Nous savons combien elle peut être obstinée !

Parfois, je surprenais aussi des discussions entre les objets, tasses, assiettes et verres de la grande table dans la salle à manger, par exemple. Je ne comprenais malheureusement pas leur langage, mais saisissais au hasard une phrase par-ci, un mot par-là.

— Hé ! Toi ! Pousse-toi !

— Ah, non ! C'est mon tour !

Grâce à cela, je me sentais un peu moins seule ; je souffrais moins de l'immensité du château, depuis que, à plusieurs reprises, j'avais vu une bougie s'allumer à la suite d'un ordre péremptoire :

— Hé ! Réveille-toi !

Je savais toujours où se trouvait la Bête. Lorsqu'elle était très loin, je parvenais à l'ignorer, mais dès qu'elle se rapprochait, j'éprouvais des sensations étranges, auxquelles je pouvais ne prêter aucune attention, mais que je ne pouvais complètement refouler. Une semaine environ après m'être évanouie, je m'étais exclamée, exaspérée :

— Pourquoi rôdez-vous toujours ainsi autour de moi, la Bête ?

— J'aime vous observer. Cela vous gêne-t-il ?

— Heu… Pas vraiment, avais-je balbutié, prise de court.

Lorsque, de la fenêtre de ma chambre, je contemplais la forêt, je voyais les feuillages se teinter de rouge et d'or. Je dus reprendre ma houppelande pour mes promenades à cheval de l'après-midi. Je m'efforçais de ne pas penser à ma famille, et résistais de toutes mes forces à mes envies de la rejoindre. J'essayais d'oublier ce que m'avait dit la Bête, le soir où j'avais sombré dans l'inconscience, mais préférais ne pas imaginer l'avenir. Et lorsque, malgré moi, les souvenirs m'assaillaient, je les revoyais dans mes rêves tels que je les avais quittés. J'évitais de songer combien les bébés avaient dû grandir et changer, de me demander si Ger et Père avaient eu ou non le temps d'ajouter une pièce à la maison, comme ils l'avaient prévu. Jamais je ne m'autorisais à penser que je les reverrais un jour. Car au fond (mais étais-je suffisamment lucide pour l'admettre ?), je savais que désormais, même si l'occasion s'en présentait, je ne pourrais plus quitter ma Bête. Je souhaitais désespérément revoir mon père et mes sœurs, mais étais prête à y renoncer si un séjour dans leur monde m'interdisait de revenir ici. Bref, le plus simple, pour m'épargner d'inutiles douleurs, était d'éviter les réminiscences.

Chaque soir, lorsque je me levais de table, la Bête me demandait :

— Belle, voulez-vous m'épouser ?

Chaque soir, je fermais mes yeux, mon cœur, mon esprit pour répondre :

— Non, la Bête.

Curieusement, ce pays magique ne fut pas complètement épargné par les tempêtes de l'automne. Au mois d'octobre, il y eut une journée particulièrement grise, sinistre, et, cette nuit-là, j'eus beaucoup de mal à m'endormir, tandis que les nuages se rassemblaient, s'accrochaient aux tours du château. Il était plus de minuit quand la pluie se résolut enfin à tomber ; je ne m'assoupis qu'aux aurores. Comme souvent, je rêvai de ma famille, mais jamais encore elle ne m'était apparue avec une telle clarté.

Ils prenaient le petit déjeuner. Je sentais même le parfum du porridge que Grâce venait de servir dans des bols. Tout le monde était attablé dans la cuisine, et deux conversations se déroulaient parallèlement. Ger et Père se disputaient gentiment à propos de la meilleure façon de couper des lattes de plancher. Espérance racontait à Grâce que Melinda avait enfin réussi à trouver un fil du même vert exactement que le tissu dont elle voulait se confectionner une robe. Grâce plaça les bols devant les convives, tandis qu'Espérance coupait le pain, et que Père faisait passer l'assiette de bacon frit. Les bébés s'amusaient avec leur cuillère. Richard écrasait du dos de la sienne un bout de pain dans son gobelet de lait. Miséricorde l'imita, jusqu'au moment où leur mère intervint pour mettre un terme à leurs exploits.

— Je suis contente que la fraîcheur revienne, déclara Grâce. Cuisiner sur ce feu en plein été m'épuise.

— Oui, moi aussi, j'aime l'automne, renchérit Espérance. Après la moisson, tout le monde aspire à un peu de repos. Quelle tempête nous avons eue cette nuit, n'est-ce pas ? Pourtant, ce matin, il fait plutôt beau.

— C’est drôle, les roses ne semblent jamais perdre leurs pétales, même par grand vent, murmura Grâce.

Avec sa cadette, elle contempla un vase sur la table, contenant une douzaine de roses blanches, or, pourpre.

— Mais le plus incroyable, c’est que les rosiers ne recouvrent pas les fenêtres, dit Espérance. Ils n’ont cependant jamais été taillés, il me semble ?

Grâce secoua la tête de gauche à droite. Ger se tourna vers elles.

— Taillés ? répéta-t-il.

— Les rosiers. Les rosiers de Belle, expliqua Grâce. Ils n’ont jamais besoin d’être taillés. Et ils sont indifférents aux orages qui déciment toutes les autres fleurs à des kilomètres à la ronde.

— De surcroît, une fois coupées, les roses restent fraîches pendant un mois au moins. Puis, en une nuit, elles meurent.

Ger sourit, haussa les épaules.

— C’est de bon augure, non, toutes ces plantes magnifiques ? Je me demande si ces roses continueront d’éclore durant l’hiver. Tout le village en parlera.

— À mon avis, il y en aura toujours, hiver comme été, décréta Père.

Ger le dévisagea.

— Avez-vous rêvé d’elle, hier soir ?

— Oui.

Une pause, puis :

— Elle chevauchait Grandcœur et se dirigeait vers le château. Elle portait un bel habit bleu et une cape gonflée par le vent. Elle agitait la main en direction de quelqu’un que je ne voyais pas. Elle paraissait heureuse.

Il hocha le menton, songeur.

— Je rêve d'elle très souvent, comme vous le savez tous. Et j'ai noté, récemment je l'avoue, combien elle est transformée. Au début, je me suis dit que son image s'estompait dans ma mémoire, et cela m'a terriblement attristé. Mais ce n'est pas cela. Elle est en pleine métamorphose.

— C'est-à-dire ? insista Grâce.

— Je ne parviens pas à l'exprimer et je le regrette. J'aimerais savoir d'où me viennent ces visions et si ce qu'elles me montrent est la vérité.

— J'en suis convaincue, affirma Espérance. C'est comme les roses : elles sont pour nous d'un grand réconfort.

Père ébaucha un sourire.

— Oui, je le pense, moi aussi.

Miséricorde décida alors de s'immiscer dans la conversation :

— Quand Belle reviendra à la maison ?

Ses mots tombèrent comme autant de pavés dans une mare paisible que j'aurais, moi qui rêvais, été en train de contempler. Je crus percevoir l'étonnement, le désarroi, voire un certain effroi sur tous les visages, puis, brusquement, l'image se dissipa. Ma première pensée cohérente, à mon réveil, fut que la veille j'avais été en habit bleu, et que j'avais agité la main en direction de la Bête, tandis que Grandcœur me ramenait au château.

L'aube se leva. La tempête avait chassé tous les nuages, et le ciel était d'un bleu limpide. Je ne me sentais pas vraiment reposée. J'adressai un petit salut à ma tasse de thé et descendis lentement pour aller dans les jardins.

— Bonjour, Belle.

— Bonjour, la Bête. Pardonnez-moi, ajoutai-je en bâillant. Je n'ai pas assez dormi. Je suis fatiguée. Et puis, juste avant de me réveiller, j'ai eu un rêve troublant.

Je bâillai de nouveau, me rendant compte alors seulement de ce que je venais de révéler.

— Un rêve troublant ?

— Oh, c'est sans importance, marmonnai-je.

Tout en parlant, nous nous étions avancés vers l'écurie. J'entrai chercher Grandcœur. Il dressa l'oreille en apercevant la Bête, puis se détourna et partit en quête d'un peu d'herbe fraîche. Les prés étaient encore humides, après la pluie de la veille. J'étais en bottes, mais le bas de ma robe fut bientôt trempé.

Après quelques minutes de silence, la Bête prit la parole.

— Ce rêve… était-il à propos de votre famille ?

J'ouvris la bouche pour le nier, puis changeai d'avis. Hochant la tête, je donnai un coup de pied à une pauvre marguerite.

— Vous lisez dans mes pensées, lui reprochai-je.

— Pas exactement. Mais en cet instant précis, votre figure parle pour vous.

— Je rêve très souvent de ma famille, mais cette fois, c'était différent. J'avais l'impression d'être là, dans la pièce, en spectatrice invisible. Je voyais les nœuds dans le bois de la table : non parce que j'en avais le souvenir, mais bien parce que je les regardais. Ger avait un pansement autour d'un pouce. Quant à la chemise que portait Père, je la lui connaissais, mais elle était reprisée à l'épaule.

La Bête opina.

— Les avez-vous entendus ?

— Oui, répondis-je avec lenteur. Ils… Ils parlaient de moi. Et des roses. Père a dit qu'il avait rêvé de moi, que Grandcœur me ramenait au château, que je portais un habit bleu, que je paraissais heureuse. Il a ajouté qu'il espérait y voir la vérité. Espérance l'a rassuré, en précisant que ces rêves étaient, comme les roses, d'un grand réconfort pour eux tous.

— Elle a raison.

— Qu'en savez-vous ?

— Les roses sont à moi. Et c'est moi qui envoie les rêves.

J'arrondis les yeux, stupéfaite.

— Votre père rêve de vous presque chaque nuit et en parle à votre famille le lendemain au petit déjeuner. Cela les console un peu, je crois. Je m'arrange pour ne jamais être vu.

— Mais comment savez-vous ?… Pouvez-vous les voir ? m'enquis-je, toujours aussi perplexe.

La Bête se détourna.

— Oui, je les vois.

— Et moi ? Puis-je les voir ?

La Bête m'observa d'un regard peiné.

— Je vous les montrerai, si vous le souhaitez.

— Oh, s'il vous plaît ! Je vous en prie, montrez-les-moi.

J'allai rentrer Grandcœur dans son box, et la Bête m'entraîna au château. Au détour d'un escalier, d'un couloir, nous atteignîmes enfin la pièce dans laquelle j'avais rencontré mon hôte, le tout premier soir. La Bête tira les rideaux, ferma la porte, et je remarquai que la petite table derrière son fauteuil luisait curieusement. La Bête s'en approcha, l'examina attentivement, puis se dirigea vers la cheminée, où elle s'empara d'un verre. Elle prononça des paroles mystérieuses dans une langue qui m'était inconnue, tout en versant quelques gouttes de liquide sur le plateau de la table, puis posa le verre.

— Venez près de moi.

Je vis que sur le dessus de la table était posé ce qui me sembla être une plaque de pâle néphrite. Au-dessus s'élevait, comme dans un port après la marée, une sorte de tourbillon de brume, qui se dissipa lentement.

Je vis mes sœurs dans la salle de séjour. Grâce était assise, le visage caché dans ses mains, tandis qu'Espérance, debout devant elle, lui tenait les épaules.

— Qu'y a-t-il, ma chérie ? Qu'as-tu ?

Le soleil du matin inondait la pièce de ses rayons dorés. J'entendis au loin, à la forge, un éclat de rire de Ger.

— Est-ce à cause de Mr. Lawrey ? Je viens de le voir partir.

Grâce acquiesça d'un signe de tête, mais ne se redressa pas.

— Il veut m'épouser.

Espérance s'agenouilla, obligea Grâce à la regarder dans les yeux.

— Il t'a demandé ta main ?

— Pas exactement : il est beaucoup trop respectueux des principes. Il s'est contenté de m'annoncer qu'il désirait « parler » avec Père. Ce ne peut être que cela.

— Bien sûr, approuva Espérance. Nous nous y attendions tous depuis le début de l'été. Père sera heureux, il a de l'estime pour Mr. Lawrey, qui est un homme bon. Tu verras, tout ira bien. Toi qui es si douce et si patiente, tu seras une femme de pasteur idéale.

Les yeux de Grâce se remplirent de larmes.

— Non, chuchota-t-elle. Je ne peux pas accepter.

Les larmes ruisselèrent sur ses joues, et Espérance tendit la main pour les essuyer.

— Tu penses toujours à Robbie, n'est-ce pas ? devina-t-elle.

— Je n'y peux rien, hoqueta Grâce. Nous n'avons jamais su exactement la vérité sur son sort. Et je n'aime pas Pat Lawrey. C'est Robbie que j'aime. Je ne peux penser à personne d'autre. Je ne peux même pas m'y efforcer. Ai-je mal agi envers Mr. Lawrey, à ton avis ?

— Non, répliqua Espérance, qui paraissait pourtant en douter. Non, non, ne t'inquiète pas pour cela. Mais Père va l'encourager, tu sais, et Mr. Lawrey va se mettre à te courtiser. Mon Dieu ! Il faut absolument que tu chasses Robbie de tes pensées. Tu ne peux pas gaspiller ainsi ta vie. Six ans ont passé !

— Je sais, soupira Grâce. Crois-tu que j'en aie oublié un seul jour ? Mais c'est peine perdue…

— Essaie, insista Espérance. Je t'en supplie. Mr. Lawrey t'aime, il t'apportera un bonheur tranquille. Personne ne te force à l'aimer en retour comme tu as aimé Robbie.

La voix d'Espérance vibrait d'émotion, et elle se mit à pleurer, elle aussi.

— Sois gentille avec lui. Le temps et son amour pour toi feront le reste. J'en suis persuadée. Je t'en supplie, Grâce.

Grâce avait l'air d'une petite fille perdue.

— Tu crois que je dois céder ? Est-ce la seule issue pour moi ?

— Oui. Tu peux avoir confiance en moi. C'est pour ton bien, je le sais. Et Père sera si heureux. Tu sais combien il se soucie de ton avenir.

La brume recouvrit l'image, et mes sœurs disparurent.

— Oh ! Pauvre Grâce ! m'écriai-je. Pauvre Grâce !

Mais comme je parlais, la brume se dissipa de nouveau, et je vis un homme descendre d'un navire sur un quai. Un vent sec balayait ce port que je connaissais bien pour y avoir grandi. J'aperçus l'un des entrepôts qui avaient autrefois appartenu à Père. Il avait été agrandi, repeint. Le vaisseau que l'homme quittait était un deux-mâts, mais le second mât était cassé au tiers de sa hauteur. Le bateau semblait avoir beaucoup souffert : flancs troués, hâtivement réparés, cabine avant arrachée, voiles déchiquetées. Les marins à son bord, peu nombreux, étaient tous hagards ; mais ils se tenaient fièrement au garde-à-vous. Plusieurs personnes se précipitèrent vers celui qui avait mis pied à terre. Étrange contraste entre les citadins bien habillés, en pleine santé, et cet inconnu immense, mais pâle et maigre, aux cheveux noirs striés de blanc.

— Je vous prie de m'excuser, mes maîtres, mais nous avons perdu nos deux canots dans les tempêtes. J'ai préféré avancer mon navire jusqu'au quai, plutôt que de tenter ma chance d'en héler un au large. Vous comprenez, ajouta-t-il avec un faible sourire, nous avons aussi perdu notre ancre, et les fuites sont si nombreuses que je voulais être le plus près possible d'un rivage : nous n'avons plus guère de forces pour nager.

Je n'avais pas reconnu l'homme, mais je reconnus son sourire. C'était Robbie.

— Mais qui êtes-vous, monsieur ? s'enquit l'un de ceux qui étaient venus à sa rencontre.

— Mon nom est Robert Tucker, et mon bateau, du moins ce qui en reste, est le *Corbeau Blanc*. Je navigue, ou plutôt je naviguais pour le compte de Roderick Huston. Je suis parti il y a six ans avec trois autres navires : le *Résolu*, le *Vent Vif* et le *Fortune*. Nous avons rencontré un peu plus d'obstacles que nous n'en attendions, malheureusement.

Je ne voyais pas les visages des hommes à qui il s'adressait. L'un d'eux, plus jeune, vêtu d'un costume d'employé de bureau, se détacha du groupe et courut répandre la nouvelle. Après un court silence, Robbie poursuivit son récit.

— Pouvez-vous me dire ce qu'il est advenu des trois autres ? Nous avons perdu leur trace, il y a quatre ans, au cours d'une tempête. La première d'une longue série, précisa-t-il d'un ton penaud. Savez-vous où se trouve Mr. Huston ? Tout a tellement changé, depuis que nous sommes partis…

D'un signe du menton, il désigna l'entrepôt rénové.

— Il a dû renoncer à nous attendre. Nous n'avions aucun moyen de lui faire parvenir un message. J'ai pourtant essayé, une ou deux fois ; je suppose que ce n'est jamais arrivé.

Une fois de plus, la brume brouilla ma vision, et je ne vis plus que le plateau de la table dans cette sombre pièce du château de la Bête.

— Robbie ! Il est rentré ! Il est vivant ! Et Grâce ne le sait pas. Oh, mon Dieu… La Bête, poursuivis-je en me tournant dans sa direction. Ce que je viens de voir… Est-ce en train de se produire ? Robbie vient-il tout juste de débarquer ? La conversation entre Espérance et Grâce vient-elle d'avoir lieu ?

La Bête acquiesça.

— Mais alors, il n'est pas encore trop tard. Mon Dieu ! Si Robbie part pour Colline Bleue dès aujourd'hui, il lui faudra presque deux mois pour parvenir à sa destination. D'ailleurs, il ne le fera pas : il préférera rester auprès de ses hommes. Et puis, il est en mauvaise santé. Je me demande s'il préviendra ma famille de son retour. On ne sait jamais, avec son sens de l'honneur. Mon Dieu ! répétai-je en arpentant la salle de long en large.

La Bête essuya soigneusement la table, puis s'installa dans son fauteuil. Mais j'étais trop préoccupée pour prêter attention à ses mouvements.

— Il faut absolument que Grâce le sache. Si elle se fiance avec ce pasteur… si elle a la sensation qu'elle est trop engagée pour se rétracter maintenant, elle ira jusqu'au bout. Robbie ou pas Robbie, elle se sentira obligée de subir son destin… La Bête… Pouvez-vous lui envoyer un rêve, lui apprendre le retour de Robbie ?

La Bête changea de position.

— Je peux essayer, mais je ne pense pas que cela réussira. Elle n'en croira rien.

— Pourquoi ? Père y croit, lui.

— Parce qu'il le désire, et parce que les roses sont là pour lui rappeler que la magie est à l'œuvre. Grâce rêve souvent que Robbie est bien rentré. Elle sait que c'est là une manifestation de son amour profond pour lui ; elle ne croira pas à mon rêve. Et puis, vos sœurs ont toutes deux l'esprit pratique. Je ne suis pas du tout sûr de pouvoir accéder à leur inconscient. Votre père est différent. Ger aussi, ainsi que Miséricorde. Mais ni votre père, ni Ger n'évoqueraient un rêve à propos de Robbie. Quant à Miséricorde, elle est trop jeune.

Je m'immobilisai.

— Vous savez beaucoup de choses au sujet de ma famille.

— Je l'ai énormément observée, depuis que votre père vous a laissée ici. Elle m'est très chère, grâce à vous, certainement. Je tiens à m'assurer que tout le monde va bien.

— Dans ce cas, laissez-moi rentrer, ne serait-ce qu'une journée, une heure ! Je parlerai à Grâce. Il ne faut pas qu'elle épouse Lawrey. Elle sera malheureuse jusqu'à la fin de ses jours, surtout lorsqu'elle découvrira la vérité à propos de Robbie. En outre, ce sera une bonne manière de leur prouver que je vais bien, que je suis heureuse ici, qu'ils n'ont pas à s'inquiéter pour moi. Je reviendrai. Je ne vous redemanderai plus jamais de m'en aller. S'il vous plaît, la Bête. Je vous en supplie !

Je m'agenouillai, les mains sur ses genoux. Les rideaux étaient toujours tirés, et la salle était obscure ; je ne distinguais pas son visage, mais seulement la lueur de ses yeux. Il y eut un silence interminable, ponctué de mes respirations émues.

— Je ne peux rien vous refuser, m'annonça enfin la Bête, si vous y tenez vraiment. Même si cela doit me coûter la vie. Rentrez donc chez vous. Je vous accorde une semaine.

La Bête se pencha en avant. Sur une tablette à la hauteur de son coude se trouvait une coupe pleine de roses. La Bête en choisit une énorme, comme celle que Père nous avait rapportée un soir, huit mois auparavant.

— Prenez ceci.

J'obéis. La tige était humide et fraîche entre mes doigts.

— Cette rose restera telle quelle pendant une semaine. Ensuite, elle fanera et mourra. Vous saurez alors que votre Bête se meurt aussi. Je ne peux vivre sans vous, Belle.

Atterrée, j'écarquillai les yeux.

— Ne pouvez-vous m'envoyer comme vous envoyez vos rêves ? Ce serait tellement plus rapide. Et... Et vous sauriez quand me ramener avant... avant qu'il n'arrive quoi que ce soit.

— Ce serait possible, mais vous devez emmener Grandcœur avec vous, et je ne peux m'en mêler, au risque de le rendre fou.

— Il pourrait rester ici avec vous.

— Non. Il ne me supporte que par amour pour vous. Partez avec lui. Si vous vous dépêchez, vous serez chez vous pour le dîner.

« Chez vous pour le dîner. » Ces mots résonnèrent dans mes oreilles, et j'oubliai d'un seul coup tous mes scrupules concernant la Bête. J'étais tellement bouleversée à l'idée que j'allais enfin revoir ma famille, après tant de mois, que je pouvais à peine respirer. Je me levai, voyant à travers les murs épais du château une petite maison, tout au bout de la forêt enchantée.

— Portez votre bague, me recommanda la Bête. Et tâchez de ne pas m'oublier.

Je ris et, d'une voix surexcitée, m'exclamai :

— Ne vous inquiétez pas, la Bête, je ne pourrai jamais vous oublier.

Je me penchai légèrement. Ses mains étaient posées sur ses genoux. J'embrassai la paume droite, scrutai un instant la pénombre. Ses yeux étaient un peu trop brillants, comme s'ils se reflétaient dans les larmes. Je me détournai, tandis que la Bête refermait lentement la main que je venais de baiser.

Je courus à ma chambre, m'emparai d'une écharpe en soie, j'y entassai pêle-mêle quelques vêtements. Dans une autre écharpe, j'enveloppai un pain et quelques oranges, rescapés de mon petit déjeuner. Il ne me vint pas à l'esprit de me demander pourquoi, ce jour-là, ma table n'avait pas encore été débarrassée. Je saisis au vol ma houppelande et descendis quatre à quatre l'escalier. Grandcœur comprit tout de suite que l'heure était grave. Comme le jour de ma venue, je fixai la rose à la têtière de sa bride. J'enfonçai mes baluchons dans les sacoches de selle et enfourchai mon cheval. Grandcœur partait déjà au trot. Je m'accrochai aux rênes.

Le portail en argent étincelait, de l'autre côté des prés. Nous y fûmes en un clin d'œil : il me sembla que j'avais à peine eu le temps de mettre mes pieds dans les étriers. Pourtant, lorsque je me retournai, le château était loin derrière, les jardins n'étaient plus qu'un souvenir. Je fis s'arrêter Grandcœur, et une étrange sensation de frayeur m'envahit. Puis je me secouai : je serais de retour dans une semaine, de quoi avais-je peur ? Nous passâmes le portail, qui s'était ouvert silencieusement devant nous.

Je n'avais pas demandé à la Bête de m'expliquer le chemin, mais Grandcœur paraissait le connaître : il suivait la route d'un pas tranquille, très sûr de lui. Je me rappelai que celle-ci s'interrompait à quelques kilomètres seulement du domaine. Pourtant, les ombres de l'après-midi s'allongeaient, et elle continuait de s'étirer devant nous, au fur et à mesure, me semblait-il, de notre progression. Je savais que nous étions encore loin de notre destination et que nous devions préserver nos forces, mais je relâchai les rênes, et Grandcœur partit au grand galop. Je le laissai courir, un rayon de soleil sur sa crinière nous accompagnant au rythme de son allure.

Nous nous arrêtâmes une fois, et j'offris à Grandcœur un peu de pain et une orange, mais nous étions tous deux pressés de poursuivre. J'essayai de l'obliger à marcher : ce fut peine perdue, car il trépignait d'impatience. Pour finir, je me dis qu'il se fatiguerait moins au trot.

Le soleil disparut à l'horizon, le crépuscule tomba. Et puis, soudain, j'aperçus parmi les arbres une lueur dorée, vacillante ; elle disparut, puis reparut. Une lampe, dans la maison ? Je me penchai en avant, et Grandcœur accéléra, jusqu'au moment où, émergeant brusquement de la forêt, nous fûmes dans la prairie juste derrière. À la fenêtre de la cuisine, une lampe à huile brûlait, jetant sur l'herbe un tapis de lumière, entre la porte et le potager. Grandcœur s'immobilisa, jeta la tête en arrière, poussa un hennissement assourdissant. Il y eut un silence affreux, puis la porte s'ouvrit.

— Mais oui, c'est Grandcœur ! s'écria Espérance.

Je mis pied à terre et courus vers elle. Entre-temps, toute la famille était sortie : nous nous enlaçâmes en riant, en pleurant, et Grandcœur, qui m'avait suivie, réclama aussi sa part de caresses.

Restés seuls dans la cuisine, les bébés s'approchèrent pour observer cette scène curieuse qui se déroulait au seuil de la maison. Miséricorde se laissa glisser le long des marches et alla s'accrocher à l'un des poteaux de la clôture entourant le jardin.

— Miséricorde, te souviens-tu de Belle ? s'enquit Père, une fois le calme à peu près revenu.

— Non, répliqua-t-elle.

Mais quand je vins vers elle en souriant, elle me tendit ses petits bras potelés. Je la serrai contre moi, ce qui sembla redonner du courage à Richard… qui se précipita pour aller se cacher dans les jupes de sa mère.

— Entre, entre ! Il faut tout nous raconter ! dit Père.

— Attendez ! Je veux installer Grandcœur. Reste-t-il une place pour lui ?

— Nous en ferons une, intervint Ger.

— Je vais ajouter un couvert, déclara Grâce. Nous nous apprêtions justement à dîner.

Nous nous exprimions tous d'un ton étrange, essoufflé et même un peu guindé. Je me sentais dans un état second. Grâce, Espérance et Richard retournèrent dans la maison pendant que les autres m'accompagnaient à l'écurie.

— Miséricorde a-t-elle envie de monter ?

C'était un de mes meilleurs souvenirs d'enfance.

— Tu vas voir, répondit Ger. Richard et sa sœur sont devenus de grands amis d'Odyssée.

Nous mîmes Miséricorde en selle et, chacun la tenant par une jambe, parcourûmes les quelques mètres qui nous séparaient de l'écurie. Ger y entra chercher une lampe.

— Grand ! commenta Miséricorde lorsque je l'enlevai de son perchoir.

Aux côtés d'Odyssée se tenait un nouveau pensionnaire dans l'ancien box de Grandcœur.

— C'est Cidre, m'expliqua mon beau-frère. C'est une bonne jument de cinq ans. J'espère qu'ils s'entendront bien, tous les deux. Nous pouvons attacher Grandcœur ici, dans ce coin. Le foin ne manque pas.

J'ôtai la selle. J'avais mal à la tête.

— Dépêche-toi ! s'impatienta Père. Je ne peux te poser aucune question avant que nous soyons tous réunis, et le suspense m'est insupportable !

Espérance apparut à l'entrée.

— Alors ? Vous restez ici toute la nuit ? Nous n'en pouvons plus d'attendre ! Et le repas va refroidir.

Ger prit mes sacoches, et nous allâmes jusqu'à la maison.

— Je n'en crois pas mes yeux, soupirai-je.

— Nous non plus, m'assura Espérance en m'étreignant avec fougue.

Ce ne fut qu'une fois à l'intérieur de la maison que je pris conscience de ce qui me gênait inconsciemment depuis mon arrivée.

— Tu as rétréci ! m'exclamai-je en la regardant.

Espérance rit aux éclats.

— Ma chérie, c'est toi qui as grandi !

Grâce, la plus grande des deux, nous rejoignit. J'avais deux ou trois centimètres de plus qu'elle.

— Là ! Nous t'avions toujours dit que tu finirais par grandir. Tu ne nous croyais pas, tu avais tort !

— Sept centimètres en sept mois, ce n'est pas si mal en effet, constata Ger. Il ne faudrait pas que cela continue.

— Tais-toi, rabat-joie ! protesta Espérance. Et regardez-moi ces joues bien roses. Le château enchanté te convient. Je ne t'avais jamais vue aussi jolie.

J'ébauchai un sourire penaud.

— Allons, à table ! nous pria Grâce.

— Devons-nous absolument avoir tout mangé avant d'entendre ton histoire ? gémit Père. Dis-nous au moins une chose : tu es rentrée pour toujours ?

— Non, murmurai-je avec douceur. Je crains que non. Je ne suis là qu'en visite.

Ma joie de revoir les miens m'avait jusqu'ici fait oublier la raison principale de ma venue. Je jetai un coup d'œil en direction de Grâce, qui me souriait.

— Je vous dirai tout après le repas. Je meurs de faim… Et vous ? Si vous me disiez tout ce qui s'est passé depuis mon départ ? J'ai l'impression d'être absente depuis des années ! Je m'attendais presque à voir les bébés devenus adultes.

— Pas encore ! intervint Espérance, tout en sauvant d'une chute intempestive la timbale de sa fille.

L'année avait été bonne pour eux. L'excellente réputation de Ger lui garantissait de plus en plus de travail.

— J'arrivais à peu près à m'en sortir : j'ai horreur de refuser les commandes, surtout quand les clients viennent de loin. Mais il y a environ un mois, Ferdy a dû nous quitter. Il m'était pourtant devenu indispensable les derniers temps. Il est allé aider son oncle, au Pré-aux-Oies. Nous ne le récupérerons sans doute pas. Le fils aîné de Mélinda m'assiste maintenant ; il est un peu jeune, mais il se débrouille plutôt bien. Il faudra du temps pour lui enseigner toutes les règles de l'art, cependant.

— C'est la chambre supplémentaire que nous voulions ajouter à la maison qui en souffre le plus, renchérit Père. Nous espérions avoir tout fini avant l'hiver, mais ce sera impossible.

L'atelier de menuiserie de Père marchait bien, et il pouvait se permettre de ne plus effectuer que les petits travaux qui ne nécessitaient pas de travailler au-dehors.

— Je suis trop vieux pour m'amuser à ramper sur les toits des autres. D'ailleurs, je préfère travailler chez moi. Les lits, les malles, les berceaux, les chaises, les tables, voilà qui me suffit. De temps en temps, j'accepte une charrette. Ainsi que quelques réparations. On me commande énormément de roues. Et puis, de temps à autre, j'ai le plaisir d'exécuter un ouvrage un peu plus délicat, les pattes sculptées d'une table, par exemple.

— Quant à nous, pas grand-chose de nouveau, me dit Espérance. Je cours après les enfants, Grâce court après moi. Le cidre de cette année est excellent. Crois-le ou non, il est de meilleure qualité que celui de Mélinda. Nous en boirons après le dîner.

— Tu devines aisément d'où la nouvelle jument tient son nom, enchaîna Ger. Nous étions si contents de nous, et voilà qu'arrive cette jument. Nous l'avons achetée à Dick Johnson, tu te souviens de lui ? Sa robe était exactement de la bonne couleur.

— Nous n'avons pas résisté ! ajouta Espérance.

— Oui. Et on m'a presque accusé de ne l'avoir

achetée que pour sa couleur, marmonna Ger. Tu ne l'as peut-être pas remarqué, Belle, mais nous avons aussi une étable, de l'autre côté de l'écurie. Les lapins et les poulets tiennent compagnie à Rosie. Odyssée n'aime pas beaucoup les vaches, c'est pourquoi nous avons dû bâtir un abri.

— Vous êtes riches, maintenant.

— Et tu n'as pas encore vu le nouveau tapis du salon ! s'exclama Grâce.

— Moins riches que toi, interrompit Espérance. Si j'en juge par cette robe ravissante.

Je n'avais pas pris le temps de me changer, ce matin-là, et ma tenue, lourde et encombrante, était assez ridicule pour le voyage.

— Allons ! reprit Espérance. Finissons vite de manger. Et toi, Belle ?

— La Bête est-elle gentille avec toi, comme elle me l'avait promis ?

— Oui, Père.

Je marquai une pause, tandis que les images des jardins, du château, de la bibliothèque, de la Bête, se bousculaient dans mon esprit.

— Commence par le milieu, proposa Espérance, et continue par les deux bouts. Dis-nous tout !

— Très bien.

Je leur parlai donc de Lydia et de Bessie, des bougies qui s'allumaient toutes seules, de ma chambre, qui se trouvait toujours au bout d'un petit couloir quand je me croyais perdue. Je leur décrivis l'immensité, la magnificence du château ; l'abondance des mets surchargeant la table de la salle à manger chaque soir, le ballet des assiettes et des couverts se disputant l'honneur de me servir. Je leur narrai l'histoire des graines et des oiseaux qui venaient sur le rebord de ma fenêtre. Je leur parlai de la gigantesque bibliothèque.

— Je ne savais pas qu'il existait autant de livres dans le monde, décréta Grâce d'un ton un peu sec.

Je souris et haussai les épaules. Je ne pouvais pas leur dire que la plupart d'entre eux n'étaient même pas encore écrits ! Cette réflexion me fit prendre conscience de tous les détails que j'avais omis, par peur de ne pouvoir les expliquer.

Mais le plus dur, ce fut d'évoquer la Bête : je découvris avec stupeur que je prenais sa défense. Ils étaient tous persuadés que Père avait rencontré un ogre, et bien que soulagés de savoir que le monstre était « bon » avec moi, ils semblaient incapables de comprendre jusqu'à quel point. Je leur avouai en bredouillant que je m'étais prise d'affection pour la Bête, et que nous étions amis. En un sens, j'en avais honte ; la Bête m'avait enlevée à eux, comment pouvais-je leur demander d'accorder leur pardon ? Je ne pouvais pas non plus leur dire que… que je l'aimais. Que je l'aimais ? Je frémis intérieurement.

Je me tus pour contempler les flammes dans la cheminée. Je tenais entre mes mains un bol de cidre chaud. Ils avaient raison : ce cidre était excellent. Mais j'avais la curieuse sensation de n'être plus à ma place, dans cette cuisine pourtant chaleureuse et accueillante. Peut-être était-ce parce que je revenais après une longue absence ?

— Combien de temps restes-tu ? voulut savoir Espérance. Puisque tu prétends devoir y retourner.

Je hochai la tête. J'avais froid, tout à coup. Je posai mon regard sur les visages de ceux que j'aimais tant.

— Oui. Je suis ici pour… Je reste une semaine.

— Une semaine ? répéta Père. Une seule semaine ? C'est tout ?

— Mais tu reviendras, n'est-ce pas ? ajouta Grâce.

J'étais la traîtresse, soumise par l'ennemi adoré à un impitoyable interrogatoire. Je me tordis les mains. J'avais un goût d'amertume dans la bouche.

— Heu… non.

Mes paroles tombèrent comme un couperet dans le silence.

— Je… j'ai promis de ne plus jamais repartir ensuite.

Que pouvais-je leur dire ? La Bête avait prétendu ne pas pouvoir vivre sans moi. Ils ne comprendraient jamais pourquoi je devais y retourner.

— Plus jamais ? sanglota Espérance.

— Pourquoi as-tu reçu l'autorisation de partir cette fois, alors ? s'emporta Père.

Le moment n'était pas venu de le leur avouer.

— Je… Eh bien ! Pour que vous sachiez que je vais bien. Pour que vous ne vous inquiétiez plus.

— Nous inquiéter ! Mais nous t'aimons ! Comment veux-tu que nous ne soyons pas inquiets, si nous ne te voyons jamais ?

— Tes rêves… tes rêves sont la vérité. Ils t'aident, non ?

— Comment es-tu au courant ?

— C'est la Bête qui te les envoie.

— La Bête m'envoie des rêves. C'est une charmante attention, mais tu n'en es pas moins sa prisonnière. Oh ! Pourquoi suis-je entré dans ce château ? Pourquoi ai-je accepté son hospitalité ?

— Père, je t'en supplie, ne sois pas fâché. Tu ne

comprends pas. Vous me manquez tous énormément, bien sûr, mais je ne souffre plus de la séparation… Je veux dire que… Je préfère être ici avec vous, évidemment, mais…

Comment poursuivre ?

— La Bête est très seule aussi, conclus-je dans un souffle.

Un silence pesant suivit cet aveu.

— Tu… Tu éprouves de la sympathie pour ce monstre, après tout ce qu'il t'a infligé ? s'étonna Père.

J'acquiesçai d'un signe du menton. Tristement. De nouveau, ce fut le silence.

— Très bien, dit Ger, essayant d'adopter le ton de la raison. Je ne comprends pas de quoi il s'agit exactement, mais nous savons au moins ceci : c'est de la magie. Les servantes invisibles, les couloirs qui s'allongent ou raccourcissent… En fait, ce que tu essaies de nous dire, Belle, c'est que la Bête n'est pas le monstre qu'a rencontré ton père. C'est cela ?

Je souris avec peine.

— Si tu veux. Merci.

Richard et Miséricorde s'étaient endormis dans leur chaise. Grâce et Espérance les soulevèrent pour aller les coucher.

— C'est curieux, murmura Espérance en repoussant une boucle du front de la fillette. Ce matin, au petit déjeuner, elle a prononcé pour la première fois une phrase complète. Elle a dit : « Quand Belle reviendra à la maison ? »

Une larme roula sur sa joue.

Nous passâmes au salon, et bientôt Grâce et Espérance nous y rejoignirent, avec une carafe de cidre et une assiette de pain d'épice. Nos bols étant remplis, ce fut une fois de plus le silence. Espérance se trémoussa sur son fauteuil, soupira, se pencha vers moi pour toucher l'étoffe de ma robe.

— Tu es vêtue comme une reine. Je suppose que tes armoires sont pleines de tenues comme celle-ci ?

— Plus ou moins, concédai-je, honteuse.

La question d'Espérance avait pourtant été dénuée de toute agressivité. Mais je m'apercevais soudain combien mes histoires de château et de bibliothèque enchantés étaient peu accessibles aux membres de ma famille. On m'avait écoutée avec intérêt, mais par égard pour moi, et non pour mon récit. Je ne savais pas si c'était ma faute, la leur, ou celle des univers dans lesquels nous vivions désormais. Ce que je comprenais, en revanche, c'était que j'allais les quitter pour poursuivre un destin incroyable. À leurs yeux, ce devait être dramatique. Mais comment les aider à surmonter le choc ?

J'adressai un sourire à Espérance, qui me dévisageait d'un air suppliant.

— Beaucoup de ces robes sont trop extravagantes pour moi, et je refuse de les mettre. J'aurais dû en emporter quelques-unes : elles vous iraient merveilleusement.

Je repensai à la robe argent que je n'avais pas voulu porter. Cette déclaration eut pour effet de détendre l'atmosphère, et Ger intervint gaiement :

— Si j'en juge par le poids de tes sacoches, tu as emporté la moitié de ton château !

— Je… Quoi ? Où sont-elles ?

Ger les désigna d'un doigt, et je m'en approchai. Elles contenaient bien plus que mes deux pauvres baluchons. De la première, je sortis un brocart or incrusté de rubis.

— Merci, la Bête, chuchotai-je.

Je fus assaillie par une sorte de vertige, et crus voir la Bête, à la fenêtre de sa chambre, dans son lointain château. Un feu brûlait dans la cheminée, qui teintait de rouge son costume de velours marron. La vision s'estompa. J'avais les deux mains à plat sur une table. Je secouai la tête.

— Tu ne te sens pas bien, ma chérie ? s'enquit Père.

— Si, si…

Je tirai sur le lourd tissu broché d'or. C'était une robe de bal, au bustier tressé de rubans de satin, parsemé de perles et de rubis.

— C'est sûrement pour toi, dis-je à Grâce en la jetant dans sa direction.

Elle l'attrapa de justesse, et des mètres d'étoffe cascadèrent sur ses épaules et ses genoux. Tous les accessoires, escarpins, peignes pour les cheveux et bijoux, étaient prévus.

Je trouvai ensuite une robe vert jade, brodée d'émeraudes, pour Espérance, ainsi que de splendides houppelandes brodées, et deux paires de gants fourrés. En dessous étaient des vêtements pour Père et pour Ger. Et, dans une petite pochette que je faillis ne pas voir, je découvris robes, bonnets et couvertures pour les enfants.

Le salon scintillait de tous ces trésors. J'avais sorti bien plus de choses que ne pouvait en contenir la première sacoche, et n'avais pas encore touché à la seconde ! Espérance, un collier d'émeraudes autour du cou et un châle vert sur le bras, prit dans ses mains l'une des petites robes que je venais de poser sur la table. Elle soupira.

— J'ai toujours rêvé d'habiller les jumeaux de beaux costumes. Mais ceux-ci sont presque trop beaux : qu'allons-nous faire de tout cela ? Enfin ! Nous aurons au moins le plaisir d'admirer. Merci, Belle.

— Je ne veux pas des cadeaux de la Bête, protesta Père. Je refuse de me laisser acheter. Laissons-lui ces présents et gardons notre Belle.

— Je t'en prie, Père… Ces cadeaux, c'est moi qui vous les offre. Je veux que vous les gardiez, et que vous pensiez à moi.

Père baissa les paupières et tendit malgré lui une main pour caresser la fourrure de son nouveau manteau.

Ger soupira.

— Je ne comprends toujours pas de quoi il s'agit, et cela m'agace prodigieusement. J'ai l'impression d'être redevenu un enfant auquel sa mère raconte des histoires de démons. Mais je t'obéirai, Belle, dit-il en s'emparant de son chapeau neuf et en le faisant tourner au bout de son index… Ta Bête t'aime beaucoup, pour être aussi généreuse avec toute ta famille.

Père émit un râle, mais ne dit rien.

— Merci à vous deux, donc, conclut Ger en venant m'embrasser. Je me suis souvent demandé quelle impression cela donnait d'être habillé comme un lord ; je vais enfin le savoir.

Il mit son chapeau à l'envers, l'enfonçant jusqu'aux yeux. La plume lui chatouilla le menton, et il souffla dessus.

— Je suis déjà un autre homme, annonça-t-il.

Espérance rit aux éclats.

— Tu es effectivement un autre homme !

— Oui, et c'est un bien curieux déguisement pour ferrer mes chevaux. C'est dommage, j'aurais dû demander un nouveau soufflet : à elle seule, cette plume doit en avoir la valeur.

Il remit son chapeau d'aplomb, et Espérance posa la cape sur ses épaules. Ger se laissa faire en essayant de ne pas sourire. Espérance recula d'un pas, et nous pûmes l'observer tout à loisir. Il était superbe.

— Cessez de me regarder ainsi ! Je me sens ridicule ! s'exclama-t-il.

Se débarrassant de son costume, il redevint le mari d'Espérance, maître forgeron apprécié à cent lieues à la ronde.

— Tu avais vraiment l'air d'un lord, lui dit sa femme.

— Tu es trop bonne, ma chère.

Grâce avait quitté son fauteuil pour allumer lampes et bougies.

— Tant qu'à jouer les grands seigneurs, éclairons-nous ! Tant pis si je n'ai jamais l'occasion de porter cette robe. Je l'admirerai chaque soir, et je penserai à toi. Je m'efforcerai même d'avoir une pensée généreuse pour ta Bête.

Père se leva et me sourit, mais tristement.

— Ma chérie, tu es la reine du jour, comme toujours. Comme Ger, j'ai du mal à comprendre tout cela, mais la magie est à l'œuvre. Je t'obéirai, et tâcherai de me contenter de ce que nous avons, et de ce que tu nous raconteras. Mais je te préviens que nous ne te lâcherons pas d'une semelle pendant toute la semaine.

— J'espère bien que non.

Nous nous couchâmes peu après, et je me rendis compte que je n'avais pas parlé à Grâce de Robbie. Demain. Demain…

Mon grenier était tel que dans mes souvenirs, en plus propre : Grâce l'entretenait avec plus de soin que je ne l'avais fait. Les draps étaient frais, les couvertures bien lissées. Je m'assis sur la malle, près de la fenêtre, et contemplai la forêt, de l'autre côté de la prairie.

Je me remémorai la soirée que nous venions de passer, et la scène devant l'âtre, lorsque j'avais tenté de défendre la Bête contre l'animosité de ma famille. Je savais maintenant de quoi il retournait : je ne pouvais pas leur avouer que, en revenant à la maison, j'avais pris conscience de ce que je refusais d'admettre depuis plusieurs semaines, déjà. J'aimais la Bête. Le reste, les ensorcellements, les mystères sous-entendus par Lydia et Bessie, tout cela n'était que détails insignifiants.

J'étais chez moi pour une semaine. Dans une semaine, je retrouverais ma Bête.

Le silence régnait, un silence plus simple que celui avec lequel je vivais depuis sept mois. Je descendis sur la pointe des pieds et allai retrouver Grandcœur, qui flirtait gentiment avec la nouvelle jument, laquelle ne lui paraissait pas du tout indifférente.

— Je ne crois pas que la naissance d'un poulain soit prévue pour l'été prochain… Mais tu ne m'écoutes pas !

Je décrochai sa bride, et il se figea, sur le qui-vive. Je libérai la rose de la têtière, et rangeai la bride. Grandcœur se décontracta visiblement.

— Bonne nuit, toi ! le saluai-je en le gratifiant d'une tape sur le flanc avant de regagner la maison.

Dans la cuisine, je pris une coupe, que je remplis d'eau et montai dans ma chambre. L'ayant posée sur le bord de ma fenêtre, j'y plaçai la rose. Je m'aperçus tout à coup que j'étais épuisée. Je me déshabillai, et, à peine ma tête posée sur l'oreiller, sombrai dans un sommeil profond.

5

Les deux premiers jours passèrent très vite, le temps d'un soupir. Le troisième jour, Grandcœur et Cidre, qui s'étaient échappés de l'écurie, furent retrouvés côte à côte au bord du ruisseau enchanté. À la surprise de tous, Grandcœur manifesta une certaine mauvaise humeur lorsque Ger voulut aller le chercher, et il l'empêcha de s'approcher de la jument, laquelle, les oreilles aplaties, attendait patiemment la suite des événements. J'observai ce manège de la fenêtre de la cuisine, tout en étalant une généreuse portion de gelée de groseille (faite par Grâce) sur ma tartine, puis décidai de rejoindre mon beau-frère.

— Au fond, il n'est pas si placide que cela, me confia Ger avec un sourire piteux.

— Je vais essayer d'intervenir… Tiens ! Gros bêta ! repris-je en m'avançant vers Grandcœur, qui me surveillait d'un œil méfiant. Tu t'es bien amusé toute la nuit. À présent, il faut être raisonnable. Le devoir t'appelle.

Je m'immobilisai à quelques mètres et lui tendis mon dernier petit bout de pain à la confiture.

— Si tu n'es pas sage, je vais te mettre à l'étable avec la vache.

Nos regards se rencontrèrent et se soutinrent un moment, puis Grandcœur baissa la tête en soufflant. Il vint vers moi, mit le museau dans ma main.

— Vilain, murmurai-je affectueusement, tout en lui passant une corde autour du cou.

Ger fit de même avec Cidre, qui n'osa pas protester, et nous regagnâmes l'écurie.

— Nous aurons sans doute un beau poulain, déclara Ger. J'espère qu'il ressemblera à son papa.

— Peut-être suivra-t-elle l'exemple familial et aura-t-elle des jumeaux ?

Le père des jumeaux en question m'adressa une grimace, et nous allâmes prendre notre petit déjeuner.

Je n'avais pas encore parlé à Grâce de Robbie. Je redoutais cette conversation, car je comprenais combien ma sœur avait déjà souffert, et tout en sachant que ce que j'avais vu dans la plaque de néphrite de la Bête était vrai, j'avais des scrupules à la bouleverser de nouveau. De surcroît, la Bête étant peu appréciée des membres de ma famille, la perspective de devoir révéler la source de mes renseignements me rebutait. Ils n'avaient pas, comme moi, confiance en mon hôte ; quant à mes révélations, elles déclencheraient un tumulte de protestations et sèmeraient le trouble dans la maisonnée.

Cet après-midi-là, le pasteur nous rendit visite. Nous étions toutes trois, Espérance, Grâce et moi, dans la cuisine. D'un coup d'œil, Grâce nous pria de sortir. Je n'avais pas revu Pat Lawrey depuis mon retour, et me surpris à estimer avec beaucoup de froideur la valeur de cet homme tandis qu'il me serrait la main en me disant combien il était heureux de me voir, combien je paraissais en forme, combien tout le monde était content de m'avoir de nouveau à la maison. C'était un jeune homme charmant. Charmant, point final, me dis-je. Grâce ne pouvait pas, ne devait pas l'épouser. Je comprenais maintenant pourquoi elle ne parvenait pas à chasser Robbie de ses pensées. Je décidai de lui parler le soir même.

John, le fils de Mélinda, et nouvel assistant de Ger, avait répandu la rumeur de mon arrivée dès le lendemain, et depuis, les visiteurs affluaient. Certains étaient de bons amis, comme Mélinda et tous ceux de sa famille. D'autres étaient tout simplement curieux de voir l'« enfant prodige » que j'étais devenue. Tous voulaient savoir quelle était ma vie à la ville. J'éludais le mieux possible la plupart des questions, et lorsque j'y étais forcée, je mentais. À l'unanimité, on s'étonnait de ce retour inattendu.

Mélinda était venue dès le premier jour. John était rentré chez lui à midi au lieu de manger avec nous, afin de diffuser plus vite la nouvelle. Mélinda l'avait raccompagné après le repas. Elle m'avait embrassée sur les deux joues, secouée par les épaules. Comme j'étais belle ! Comme j'avais grandi ! Mais ce qu'elle voulait savoir, surtout, c'était pourquoi elle ne m'avait pas aperçue plus tôt, sur le chemin du village. À Colline Bleue tout se passait obligatoirement devant le Griffon. Et comment ma tante osait-elle me laisser rentrer toute seule ? Pourquoi n'avait-on pas été prévenu ? De toute évidence, elle trouvait que j'avais été très mal traitée ; il lui était difficile de le dire ouvertement, parce qu'elle était bien élevée, mais elle n'en pensait pas moins. Elle avait été choquée ensuite d'apprendre que je ne resterais qu'une semaine.

— Une semaine ? Alors que tu es absente depuis six, sept mois et qu'il t'a fallu six semaines pour parcourir le trajet jusqu'ici ? Cette femme est folle ! Quand reviendras-tu ?

— Je n'en sais rien.

— Tu n'en sais r…

Voyant l'expression de mon visage, elle s'était tue brusquement.

— Bien. Je ne dirai plus rien. Après tout, ce sont des histoires de famille, et je n'ai pas à m'en mêler. Je sens que tu me caches quelque chose. Je n'ai pas à intervenir, mais je t'aime bien ; j'espère que tu ne m'en veux pas. J'aurais voulu te voir plus longuement, mais ton séjour ici sera si court que je dois te laisser aux tiens.

J'étais enchantée de la voir, mais son sens pratique et mon incapacité à répondre à ses questions, si directes, me désarmaient. Aussi avais-je été plutôt soulagée lorsqu'elle avait pris congé. Ma seule consolation avait été de l'observer en train de discuter, un peu à l'écart, avec Père. Ils se souriaient sans se douter qu'ils étaient surveillés. Espérance ne quittait pas des yeux cette scène, et lorsqu'elle me remarqua, elle m'accorda un demi-sourire avant de me faire un clin d'œil complice. Pivotant sur nos talons, nous étions retournées à la cuisine, où Grâce s'occupait à teindre de la laine.

John s'était empressé aussi de décrire le soufflet que j'avais rapporté de la ville, ce qui radoucit légèrement les jugements agressifs de la plupart des gens à l'égard de ma tante. En effet, au lendemain de mon arrivée,

Ger avait trouvé le soufflet accroché à la place de l'ancien, lequel avait disparu. Il avait eu la présence d'esprit d'expliquer à John que c'était un cadeau de ma bienfaitrice. L'apprenti affirmait qu'il était beaucoup plus facile à manier, et beaucoup plus efficace que le précédent.

La route toute blanche qui m'avait ramenée à la maison avait disparu ; elle semblait n'avoir jamais existé. Ce matin-là, tandis que Ger admirait ses outils tout neufs, je m'étais approchée de la lisière de la forêt. J'avais repéré les marques de sabots de Grandcœur, à l'endroit où il avait sauté par-dessus la haie à la frontière des arbres, mais au-delà, il n'y avait plus rien. Rien, sinon des cailloux, des feuilles, de la terre, des aiguilles de sapin : mais pas l'ombre d'un chemin, pas le moindre signe de notre passage.

J'avais les yeux rivés sur les traces de Grandcœur quand le premier client venu proposer du travail à Ger et à Père avait appris mon retour. Dès lors, la maison n'avait plus désempli. J'avais oublié que Colline Bleue comptait autant d'habitants.

Le troisième jour, Molly fit irruption peu après le départ de Mr. Lawrey, sous prétexte de m'apporter un bocal de cornichons, spécialité de Mélinda dont je raffolais. En fait, elle voulait m'interroger sur ma vie à la ville.

— Je suis sûre qu'elle t'a enfermée à double tour dans un grenier ! s'exclama Molly. Tu n'as rien vu du tout !

— Tu sais, je passe le plus clair de mon temps à étudier.

Ahurie, Molly secoua la tête de droite à gauche. À ce moment-là, plusieurs hommes, venus consulter

Père et Ger, entrèrent pour prendre le thé. Ce ne fut qu'après le dîner, une fois la vaisselle lavée et les bougies allumées, que je trouvai un moment pour bavarder. Tout au long de l'après-midi, après le départ de Mr. Lawrey, l'image de Robbie avait hanté mes pensées : je me rappelais parfaitement son visage émacié qui s'éclairait d'un sourire insouciant, tandis qu'il veillait sur les derniers préparatifs avant ce voyage si important pour lui.

Nous étions devant le feu du salon et nous nous occupions chacune à un ouvrage, comme auparavant. Je réparais un harnais : tout le monde avait protesté en disant que je n'avais pas à travailler, mais j'avais insisté. D'ailleurs, j'étais heureuse de reprendre mes activités d'autrefois, bien que mes doigts fussent moins agiles. Autour de moi, rien n'avait véritablement changé, et j'en étais réconfortée. Je voulais profiter le plus possible de cette atmosphère de sérénité et de sécurité avant de repartir.

Espérance acheva une couture sur une robe qu'elle était en train de confectionner, et m'arracha à mes lanières de cuir pour m'employer comme mannequin. Je levai les bras, maladroitement, pendant qu'elle épinglait des plis de coton vert autour de ma poitrine.

— Tu as tort de t'en prendre à moi, marmonnai-je. Je n'ai pas les formes souhaitables.

Espérance sourit, quelques épingles à la bouche.

— Au contraire. Il me suffira de raccourcir l'ourlet, c'est tout. N'y a-t-il donc aucun miroir, dans ton château enchanté ? Je ne comprends pas que tu ne te sois aperçue de rien…

— Depuis qu'elle est enfant, elle ne voit que les

livres et les chevaux, intervint Grâce, la tête penchée sur une chemise qu'elle cousait pour Richard.

— Une enfant affreuse, précisai-je.

— Ah, non ! Ne recommence pas ! gémit Espérance. Et cesse de bouger, si tu ne veux pas que cette séance s'éternise.

— Les épingles me piquent !

— Si tu bougeais moins, tu ne les sentirais pas, décréta Espérance, impitoyable. Tu as tellement grandi : n'a-t-on pas été obligé de te faire une nouvelle garde-robe ?

— Non. Lydia et Bessie se chargent tout le temps de m'habiller, et les vêtements me vont toujours.

— Dommage que ce ne soit pas pareil pour les jumeaux, soupira Espérance.

— En effet, renchérit Grâce en coupant son fil.

— Mais tout de même, reprit Espérance en se mettant à genoux, que tu ne te sois rendu compte de rien…

— Eh bien… le lendemain de mon retour, j'ai examiné avec attention la selle de Grandcœur, racontai-je avec beaucoup de bonne volonté. Je me rappelle que le premier jour, au château, mes étriers ont été remplacés. Mais actuellement ils sont fixés trois trous plus bas qu'à l'époque. C'est curieux, je ne me souviens pas du tout de les avoir ajustés.

— Qu'est-ce que je vous disais ? s'exclama Grâce. Il faut être Belle pour se mesurer en observant la longueur de ses étriers !

Tout le monde rit.

— Oh ! s'écria Espérance. J'ai perdu une épingle. Je suis sûre que le pied de Richard la retrouvera demain. Voilà, petite sœur, tu peux l'enlever, à présent.

— Comment ? Je suis coincée !

Enfin libérée, je m'assis au bord de l'âtre, où j'avais posé mon bol de cidre, tout près du genou de Grâce. Le silence était paisible, et j'avais des scrupules à le rompre.

— Je… Si je suis revenue à la maison, c'est aussi pour une autre raison, balbutiai-je.

Tous se figèrent pour me dévisager. Je fixai mon bol de cidre chaud.

— Je… Cela concerne Grâce.

Mon aînée posa la petite chemise d'enfant qu'elle reprisait, et croisa les mains avant de se tourner vers moi. Son regard exprimait une grande angoisse.

— Qu'y a-t-il ?

Ne sachant par où commencer, je décidai d'aller droit au but.

— Robbie est rentré. Il a débarqué au port de la ville, le matin même de mon arrivée ici. Je suis venue te le dire. Pour que tu n'épouses pas Mr. Lawrey avant de l'avoir revu.

Grâce avait retenu un cri en m'entendant prononcer le nom de Robbie.

— Robbie ? Tu en es certaine ? Robbie ? C'est vrai ? Je n'en crois pas mes oreilles ! Est-ce la vérité, Belle ?

J'acquiesçai, et elle me regarda dans les yeux un long moment. Mais soudain, son visage pâlit, et elle tomba vers moi, évanouie. Je la soulevai doucement, la replaçai dans son fauteuil, tandis que les autres se précipitaient tout autour. Père glissa un oreiller sous sa nuque, Espérance disparut dans la cuisine et en revint avec un flacon de sels. Grâce frémit, se redressa, cligna des paupières.

— Il vaudrait mieux que ce soit la vérité, marmonna Père.

— Je sais. C'est la vérité, répondis-je tout bas.

Grâce posa son regard sur moi.

— Comment le sais-tu ? Dis-moi tout. L'as-tu vu ? Mais tu dis qu'il est à la ville. Je t'en prie…

— Je l'ai vu de la même manière que je t'ai vue discuter avec Espérance dans le salon, ce matin-là.

Elle écarquilla les yeux. Espérance reprit son souffle.

— Le *Corbeau Blanc* est dans un état abominable. Je ne sais pas comment Robbie a pu le ramener. Quant à lui, il paraît malade et à bout de forces. Mais il est vivant. Et je ne sais pas du tout ce qu'il fera quand il apprendra ce que nous sommes devenus.

— Vivant, chuchota Grâce. Robbie est vivant.

Elle s'adressa à Père.

— Nous devons l'inviter à nous rejoindre ici le plus vite possible. Il se reposera, il retrouvera la santé.

Père se leva, arpenta la pièce, marqua une pause, revint près de la cheminée.

— Tu es bien certaine de ce que tu avances ? me dit-il, partagé entre l'excitation et l'anxiété.

J'opinai.

— La magie, murmura Ger. La magie…

Père s'octroya un second tour de salle : mais elle était trop petite pour un homme de sa taille à la démarche empressée. De nouveau, il s'arrêta.

— Je lui écris immédiatement. Il y aura des affaires à régler, aussi. Peut-être ferais-je mieux d'y aller ?

Il hésitait visiblement à prendre une telle initiative.

— C'est inutile, intervint Ger. Callaway part pour la ville d'ici quelques jours. Il m'a demandé pas plus tard qu'aujourd'hui s'il pouvait nous rendre un quelconque service. Il a même proposé d'emmener Belle, puisque sa tante ne semble guère se préoccuper de son sort. On peut avoir confiance en lui. Si vous lui dites de nous ramener Tucker, vous pouvez être sûr qu'il accomplira sa mission. S'il le faut, il l'attachera à sa selle !

Père esquissa un sourire.

— Oui, Callaway est un homme bon. J'avoue que je suis réticent à l'idée d'entreprendre un tel voyage.

Personne n'osa regarder dans ma direction. Après un court silence, Père s'adressa à Grâce.

— Ma chère, six ans, c'est long. Peut-être devrais-tu attendre un peu, pour voir ?

— Attendre ? répéta-t-elle. J'attends depuis six ans. Robbie ne m'a pas oubliée, pas plus que je ne l'ai oublié. Et maintenant, nous sommes à égalité : nous ne possédons rien, ni l'un, ni l'autre.

Ce n'était pas tout à fait exact : aux yeux des habitants de Colline Bleue, nous étions plutôt bien nantis. Mais Grâce n'eut aucun mal à nous convaincre tant son visage s'était éclairé.

— Tout ira bien, affirma-t-elle. Je ne tiens pas à perdre davantage de temps.

Ger et Espérance échangèrent des regards heureux.

— Fais-le venir, Père, ordonna Grâce d'un ton sans réplique. Je t'en prie. Moi aussi, je vais lui écrire.

— Entendu.

Les trois jours suivants passèrent aussi vite que les trois premiers. Plus vite encore, peut-être, car après mes révélations concernant Robbie, nous ne pensions plus qu'aux retrouvailles. Grâce était tellement émue qu'elle en oubliait presque de mettre un pied devant l'autre lorsqu'elle marchait. Sa missive et celle de Père furent confiées à Nick Callaway, lequel, apprenant que je n'avais pas besoin d'escorte, annonça qu'il partirait dès le lendemain.

— Je n'ai aucune raison de traîner par ici, et je suis pressé d'arriver avant le mauvais temps. Je prends déjà un risque, la saison étant bien avancée. J'espère arriver d'ici cinq semaines, et être de retour avec votre ami dans trois mois.

Visiblement, il trouvait étrange que je refuse son offre ; cependant, comme je le rassurai en lui disant que l'on s'occupait de moi, il n'osa pas poser de questions.

— Nous irons beaucoup moins vite que vous, ajoutai-je.

— Au revoir, Miss ! Bon voyage !

Sur ces mots, il s'éloigna. Nous étions tous très soulagés : il ne lui était pas venu à l'esprit de nous demander comment nous avions appris le retour du capitaine Tucker.

Le sixième soir, je pris la parole :

— Vous savez que je m'en vais demain.

Tout le monde se mit à parler en même temps, me suppliant de prolonger mon séjour. Je les écoutai, tout en tournant la bague sur mon doigt. J'étais horriblement malheureuse. Grâce et Espérance fondirent en larmes. J'attendis un peu, silencieuse. Lorsque revint enfin le calme, Père se leva et vint poser les mains sur mes épaules.

— Il nous reste encore une journée, dit-il. La semaine n'est pas complètement écoulée.

Je me mordis la lèvre ; je sentais tout le poids de l'amour de ma famille en ces mains qui me retenaient malgré moi à ma place.

— Bien, concédai-je avec peine.

Je dormis mal. Depuis mon retour j'avais eu un sommeil profond, sans rêves. Chaque matin je m'étais réveillée avec la vague sensation d'avoir été trompée, mais j'avais chassé très vite toute pensée un peu sombre en retrouvant à la cuisine, autour de la table, mon père, mes sœurs, mon beau-frère, ma nièce et mon neveu. Mais cette nuit-là, je rêvai par bribes du château, de vastes salles vides, du silence si sinistre qui m'avait tant effrayée au début. C'était pire à présent, parce que mon sixième sens donnait à ce silence une nouvelle ampleur : il résonnait dans mon corps tout entier, et j'avais l'impression de n'être plus qu'une coquille, une caverne désertée. La présence réconfortante bien qu'ambiguë à laquelle j'avais appris à faire confiance ces derniers mois s'était volatilisée. Le château était aussi solitaire et rebutant que le premier soir. Où était ma Bête ? Je ne la voyais, je ne la sentais nulle part.

Je m'éveillai à l'aube, hagarde, épuisée. Pendant quelques minutes, je ne pus que contempler le plafond incliné avant de me décider à me lever. Je fus morose toute la journée. Rien ne me faisait plaisir. Je n'étais pas à ma place, ici, je ne pouvais pas rester. Je m'efforçai de dissimuler mon impatience, mais me rendis vite compte que mes proches m'observaient d'un air triste, sans comprendre. Le soir, je me recroquevillai sur moi-même devant la cheminée. Père s'exprima d'une voix tremblante :

— Tu nous quittes demain matin.

Je posai mon regard sur lui, puis, tour à tour, sur chacun des membres de ma famille.

— Il le faut. Je suis désolée. Tâchez de comprendre. J'ai promis.

Père essaya de sourire, sans y parvenir tout à fait.

— Tu portes bien ton prénom, Honneur, murmura-t-il. Aurai-je au moins le plaisir de rêver souvent de toi ?

J'acquiesçai.

— C'est une consolation.

Je fus incapable de répondre à cela et, très vite, annonçai que je montais me coucher. Je mis de côté les vêtements que m'avaient prêtés Grâce et Espérance, défroissai la robe que j'avais portée en venant ; mes sœurs avaient proposé de la laver et de la repasser, mais j'avais refusé. Je ne voulais surtout pas leur imposer un supplément de travail. Elles avaient fini par obtempérer, tout en prédisant que si je m'en chargeais moi-même, je l'abîmerais sûrement. Mais j'avais secoué la tête. Je laisserais à Lydia et à Bessie le soin de nettoyer ces splendeurs. J'avais peu de bagages à faire. Je m'allongeai et cherchai mon sommeil. Mais cette nuit-là fut pire que la précédente. Je me tournai et me retournai sans cesse, tourmentée par d'affreux cauchemars.

Je rêvai que je parcourais le château, à la recherche de la Bête. Comme la veille, je ne la retrouvais pas. « Si vous avez besoin de moi, vous n'aurez aucun mal à me trouver », avait dit la Bête. Pourtant, je traversais les pièces les unes après les autres, en vain. Je ne sentais même plus sa présence. Enfin j'arrivais devant la salle dans laquelle avait eu lieu notre première rencontre. La Bête était dans son fauteuil, comme si elle n'avait pas bougé depuis mon départ. Ses mains étaient sur ses genoux, paumes vers le ciel. Mais la main droite, celle que j'avais embrassée, était refermée.

— Oh, la Bête ! disais-je. Je craignais de ne jamais vous retrouver !

La Bête ne bougeait pas.

— La Bête ! La Bête ! hurlais-je. La Bête est morte, et c'est ma faute !

Je me réveillai en sursaut.

Dehors, le ciel était encore très gris. Je me précipitai pour allumer une bougie. À la lueur vacillante de la flamme, je vis que la rose, dans sa coupe, se mourait. Elle avait perdu la plupart de ses pétales, qui flottaient à la surface de l'eau comme autant d'esquifs trop frêles, abandonnés par leurs marins.

— Mon Dieu ! Il faut que j'y retourne immédiatement !

Je m'habillai précipitamment, descendis quatre à quatre les marches de l'escalier, traversai à tâtons cette maison qui n'était plus la mienne. Personne ne bougeait. Laissant la sacoche que nous n'avions jamais ouverte, je m'emparai de l'autre, qui me suffirait amplement. Les sacs étaient restés toute la semaine dans leur coin, au salon. Je pris un peu de pain et de la viande séchée dans la cuisine, puis courus à l'écurie. J'avais marqué l'arbre près duquel j'avais reconnu les traces de pas de Grandcœur, le lendemain de mon arrivée. Le cœur battant, je menai mon cheval à la lisière de la forêt, jusqu'au moment où je repérai la plaie dans l'écorce. Je me mis en selle, ajustai mon harnais et, bientôt, Grandcœur m'emporta au grand galop à travers les bois.

Mais je ne voyais pas le chemin. Au début, je n'en fus pas inquiète. Nous avions avancé tranquillement, tandis que le soleil se levait pour tapisser le sol d'une mosaïque vert et or.

— Il suffit de se perdre, me répétai-je. Il suffit de se perdre.

Nous avions parcouru de nombreux kilomètres. Je me retournai : derrière nous s'alignaient à l'infini les ombres des arbres, et plus loin encore, les ombres des ombres. Je mis pied à terre, j'ouvris ma sacoche pour y prendre le pain. J'en offris un morceau à Grandcœur avant de me servir, et nous marchâmes un moment côte à côte. Mais bientôt, n'y tenant plus, je l'enfourchai de nouveau, et nous repartîmes au trot rapide.

Les branchages me fouettaient le visage, la démarche de Grandcœur était inégale sur le terrain accidenté. Plus nous poursuivions, plus la situation se dégradait. Cela ne s'était pas passé ainsi, les deux fois précédentes. À midi, nous étions épuisés. Grandcœur continuait, à contrecœur. Or Père et moi-même étions tombés sur la route après quelques heures seulement de randonnée facile. Une fois de plus, je mis pied à terre. L'écume moussait aux coins de la bouche du cheval. Nous atteignîmes enfin un petit ruisseau. J'en profitai pour me rafraîchir. Je remarquai que l'eau avait un drôle de goût, un peu amer et, surtout, persistant.

Il me parut logique de suivre le cours d'eau, puisque nous n'avions pas d'autre point de repère. Ici, l'accès était moins pénible, les arbres et les buissons épineux s'espaçaient sur les rives, la terre, couverte de mousse et d'arbrisseaux feuillus, était plus molle. L'après-midi s'étiolait : je n'avais toujours pas retrouvé la route blanche. D'après la position du soleil, je savais que nous avancions plus ou moins dans la direction que nous avions prise le matin. Mais peut-être était-ce une précaution inutile au sein de cette forêt ? Je ne savais pas, en fait, si le château de la

Bête était situé en son cœur ; je ne savais même pas si nous nous dirigions vraiment vers le centre. Nous ne pouvions que continuer. Le crépuscule nous enveloppa. Nous étions vraiment perdus. Je n'avais pas la moindre connaissance en matière de survie dans les bois : je n'avais pas imaginé un seul instant que de telles notions pussent m'être utiles.

Grandcœur persévérait vaillamment. Nous voyagions depuis plus de douze heures, et même lui était à bout de forces. Nous nous étions fort peu arrêtés : je n'avais pas la patience de me reposer. Je descendis de selle pour marcher. Grandcœur trébuchait de plus en plus souvent, tandis que tombait la nuit. Je ne m'apercevais même plus combien j'avais du mal à le suivre. C'est en m'immobilisant pour observer le ciel que j'en pris conscience. Je profitai de cette courte pause pour lui avouer combien j'avais mal aux pieds. Grandcœur remua la tête.

— Tiens ! Comme cela, tu seras mieux, lui dis-je en le débarrassant de la selle et du harnais.

Je les posai soigneusement à l'abri d'un arbre.

— Peut-être pourrons-nous revenir les chercher un jour.

Je pris ce qui me restait de nourriture, accrochai la sacoche au pommeau. Après un bref instant de réflexion, je me résolus à ôter ma jupe, qui alla rejoindre le reste. Je nouai fermement ma houppelande par-dessus mes jupons.

— Viens, Grandcœur.

Il eut un frémissement, me regarda.

— Je ne sais pas ce qui se passe, moi non plus. Viens.

Il me suivit. Sans ma jupe, j'étais nettement plus légère.

Les dernières lueurs du jour s'estompaient quand j'aperçus à ma gauche une sorte de long ruban pâle. Retenant mon souffle, j'entrepris de me frayer un chemin parmi les ronces, Grandcœur sur mes talons. C'était la route. Elle se déroulait à ma droite, s'arrêtait à quelques mètres à ma gauche. Elle était moins lisse, moins droite que dans mes souvenirs, mais j'étais si lasse, j'avais les yeux si fatigués… La nuit tomba à l'instant précis où j'y mettais le pied.

— Nous allons devoir attendre la lune, à présent, murmurai-je, affolée.

Après avoir hésité quelques minutes, j'allai m'asseoir sous un arbre. Grandcœur vint me renifler ; je lui donnai un bout de pain, qu'il dévora avec appétit, avant de goûter quelques feuilles de la branche au-dessus de ma tête. Puis il se cala sur trois pattes pour une petite sieste. Je ne bougeai pas, les genoux sous mon menton. Cela me parut interminable, mais en fait, la lune apparut bientôt dans un ciel sans nuages. La route s'enfonçait à l'infini dans la forêt. Je poussai un soupir, m'approchai du cheval que je gratifiai d'une tape sur le flanc. Grandcœur ouvrit les yeux.

— Puis-je m'installer sur ton dos, à ton avis ?

Je l'avais dressé moi-même, mais je n'étais pas montée à cru depuis de longues années, et j'étais assez mal à l'aise. Cependant, docile, Grandcœur attaqua un trot tranquille, qui me berça au point que je faillis m'assoupir. Agrippée à sa crinière, je m'appliquais surtout à ne pas tomber… et à ne pas imaginer ce qui allait se produire dans un futur plutôt proche. Je devais avant tout retrouver le château.

Du trot, Grandcœur passa au pas, avant de s'arrêter complètement. Je me redressai, clignai des paupières. Nous étions devant le portail couleur d'argent, mais les battants ne s'ouvrirent pas, même quand le cheval voulut, du bout du museau, les toucher. Je le fis se placer de côté, et tentai de les pousser. Sans succès. La surface du portail était lisse et froide. Mais soudain, à mon contact, elle sembla tressaillir et s'éclaircir. Le portail s'ouvrit lentement, au rythme d'une respiration humaine. Je ne perdis pas de temps à m'interroger sur ce mystère : Grandcœur partait déjà au galop.

Nous ne vîmes le château que lorsque nous fûmes à son pied. Il était très sombre, plus sombre encore que les ombres tout autour. Les lampadaires des jardins, très espacés, diffusaient une lumière trop faible. Grandcœur se rua vers l'écurie, devant laquelle il s'immobilisa. Je me laissai glisser de son dos, et comme je touchais le sol, mes jambes faillirent se dérober sous moi. La porte de l'écurie ne s'ouvrit pas. J'y appuyai les deux mains, de toutes mes forces. Comme le portail un peu plus tôt, elle eut un frémissement, puis céda péniblement. Une ou deux bougies s'allumèrent à mon entrée. Je poussai Grandcœur dans son box, jetai sur lui une couverture, lui accordai une rapide caresse en le remerciant, puis sortis. Je m'occuperais de lui plus tard. Avant tout, je devais trouver la Bête.

L'immense porte d'entrée du château était béante, à mon grand soulagement. Je courus à l'intérieur. La flamme d'une lampe à huile vacilla. Je la saisis, me précipitai dans le corridor. La salle à manger était glaciale, déserte, comme le salon, en face. Je montai.

C'était bien pire que dans mes cauchemars. J'étais épuisée, endolorie, affamée. J'étais si sale que les plis de mes jupons m'irritaient la peau ; quant à mes pieds, ils me faisaient un peu plus souffrir à chaque pas. J'étais trop lasse pour réfléchir. Je n'avais qu'une idée en tête, retrouver ma Bête. Mais la Bête était introuvable. Je n'avais même plus la force de l'appeler. Sans doute n'aurais-je pas entendu sa réponse, tant j'avais l'esprit embrouillé par la fatigue et la peur. Je ne sentais pas sa présence. Le château n'avait jamais été aussi vaste. Je parcourus des kilomètres de couloirs, traversai des centaines de pièces. Je ne retrouvai même pas ma chambre, ne perçus pas le moindre signe de vie de Lydia ou de Bessie. L'endroit était froid et désert, comme s'il avait été abandonné pendant des siècles. J'avais eu raison d'emporter avec moi la lampe à huile, car rares étaient les bougies qui s'allumaient à mon passage… pour s'éteindre presque aussitôt, comme si cet effort les avait achevées. J'avais mal au bras, je tremblais. La Bête n'était nulle part. Mes pas résonnaient dans le silence.

Le temps passa encore. Je trébuchai sur le bord d'un tapis et tombai en avant. La lampe roula sur elle-même, s'éteignit. Trop anéantie pour bouger, je restai là, secouée de sanglots. Puis, furieuse contre moi de céder ainsi au désespoir, je me forçai à me redresser. Et soudain, au bout du hall interminable dans lequel je me trouvais, je crus apercevoir un rai de lumière. Je me levai aussitôt et partis dans cette direction.

C'était la pièce dans laquelle avait eu lieu ma première rencontre avec la Bête. La pièce que j'avais vue dans mon cauchemar de la veille. Dans la chambre brûlait un feu. La porte grinça légèrement tandis que je la poussais. La Bête était dans son fauteuil, dans la position qu'elle avait eue lorsque j'étais partie, une semaine plus tôt.

— La Bête ! m'écriai-je.

Pas un bruit, pas un mouvement.

— Vous ne pouvez pas mourir ! Je vous en supplie, ne mourez pas. Revenez-moi.

Je pleurai de nouveau. Je m'agenouillai devant la Bête, jetai un coup d'œil affolé autour de moi. À la hauteur de son coude, je vis la coupe pleine de roses. Les fleurs étaient brunes, quelques pétales gisaient sur le sol. Je sortis de la poche de sa veste un mouchoir blanc, que je trempai dans l'eau et posai sur son front.

— Mon amour, réveillez-vous.

Figée de surprise, je vis la Bête ouvrir les yeux.

— Belle.

— Je suis là, chère Bête.

— Je croyais que vous aviez renoncé à votre promesse, dit la Bête, sans la moindre note de reproche.

— Je suis partie plus tard que prévu. Il m'a fallu un temps fou pour trouver mon chemin dans la forêt.

— Oui, je m'en doute.

Une pause.

— Je ne pouvais malheureusement pas vous aider.

— Cela n'a aucune importance, si vous êtes en bonne santé. Je ne vous quitterai plus jamais.

Un sourire.

— Tout ira bien, désormais. Grâce à vous, Belle.

Je soupirai, tentai de me relever ; mais je chancelai, et ne pus m'épargner une chute qu'en me rattrapant au bras du fauteuil. Tout tournoya autour de moi. La Bête tendit la main vers moi, et je tombai sur ses genoux.

— Pardon !

— Vous êtes épuisée ; vous devez vous reposer. Vous êtes en sécurité, à présent.

Je secouai la tête.

— Pas encore. Il faut que je m'occupe de Grand-cœur. S'il n'avait pas été là, je serais encore dans les bois. Mais je devais absolument vous trouver d'abord. Et puis, j'ai quelque chose à vous dire.

— Pas maintenant.

— Si, maintenant, répliquai-je.

J'hésitai un instant, écoutai la respiration de la Bête.

— Regardez… L'aurore…

Quelques traînées roses apparaissaient au bout du ciel, la lumière du jour tentait une timide percée par la fenêtre. Nous pouvions nous distinguer plus nettement dans la pénombre. Je remarquai le costume de velours or que portait la Bête. Quand j'étais partie, son habit était marron.

— Je ne peux pas dormir maintenant, le jour se lève. Ce qu'il me faut, c'est un petit déjeuner.

Je me mis debout, m'approchai de la fenêtre. Plus le soleil s'élevait à l'horizon, plus mes forces me revenaient. J'appuyai les coudes sur le rebord pour admirer les jardins. Jamais ils n'avaient été aussi magnifiques. La Bête me rejoignit.

— Je suis heureuse d'être rentrée.

— Votre famille a-t-elle accueilli avec bonheur la nouvelle que vous leur apportiez ?

— Oui. Grâce ne sera plus bonne à rien tant qu'elle n'aura pas vu Robbie. Mais ce n'est pas grave. Ils espèrent tous qu'il reviendra avec celui qui s'est chargé de lui porter les messages de Père et de Grâce. Me permettrez-vous de… de les voir dans votre néphrite, une autre fois ?

La Bête acquiesça.

— Bien sûr. Cependant, sachez que j'éprouve de la compassion pour le pasteur éconduit.

Je fixai de nouveau le paysage au-dehors, j'agitai la main en direction de la prairie.

— Vous… J'espère que tout ceci n'a pas trop souffert de mon retard ?

— Non, Belle, ne vous inquiétez pas.

— Que… que se serait-il passé, si je n'étais pas revenue ?

— Ce qui se serait passé ? Rien. Rien du tout.

Je dévisageai la Bête sans comprendre.

— Rien ? Mais…

Et je me tus, refusant de me rappeler son immobilité lorsque j'étais entrée dans la pièce.

— Mais j'allais mourir ? devina la Bête. Oui. J'aurais trépassé. Vous seriez repartie chez vous avec Grandcœur. Et d'ici deux cents ans, ce château serait devenu une ruine, les mauvaises herbes auraient envahi les jardins, les oiseaux auraient investi les tours. Encore deux siècles, et même les légendes se seraient envolées ; seules seraient restées les pierres.

J'aspirai une grande bouffée d'air.

— Voici ce que j'avais à vous dire.

La Bête arbora une expression intriguée.

Je fixai le bout de mes chaussures, et conclus rapidement :

— Je vous aime, je veux vous épouser.

Peut-être avais-je sombré dans l'inconscience ? Ce ne fut pas comme la première fois. La Bête disparut, ainsi que tout le reste. Il y eut une explosion de lumière, comme si le soleil venait d'éclater. Puis, par vagues, de plus en plus fort, j'entendis sonner des cloches, des cloches énormes, de cathédrales ; j'entendis les foules hurler, acclamer, les chevaux hennir, les canons faire feu. Recroquevillée sur moi-même, je mis mes mains sur mes oreilles, mais cela ne servit à rien. Le château trembla sous mes pieds ; bientôt, je ne sentis plus rien… et tout s'arrêta brutalement. J'abaissai les mains, ouvris avec précaution les yeux. Les jardins n'avaient pas changé, le soleil était peut-être un peu plus brillant que tout à l'heure, mais c'était normal, puisque la matinée avançait. Je pivotai sur mes talons.

La Bête était invisible. Un homme se tenait devant moi, vêtu comme l'avait été la Bête, de velours or bordé de dentelle aux poignets et au cou. Il avait les yeux noisette, les cheveux châtains striés de gris. Il était plus grand que moi, mais plus petit que la Bête. Comme je l'observais, stupéfaite, il sourit, d'un sourire timide. Il était d'une beauté à couper le souffle.

— Ma Bête, bredouillai-je d'une voix trop aiguë.

J'avais l'impression d'être une petite écolière confrontée à un gentleman.

— Où est ma Bête ? Il faut que je trouve ma Bête…

Je m'écartai de la fenêtre, sans quitter des yeux mon visiteur inattendu.

— Attendez, Belle.

Je me figeai sur place.

— Votre voix. Je connais votre voix.

— Je suis la Bête. J'ai été ensorcelé et condamné à vivre sous le masque d'une horrible Bête jusqu'au jour où une jolie jeune fille m'aimerait en dépit de ma laideur et promettrait de m'épouser.

Je continuai de le dévisager, ahurie.

— Votre voix… Je la reconnais, et pourtant, elle

est différente. Je veux dire que je… heu… Tout ceci est plutôt… étrange.

Je couvris mon visage des deux mains, me pinçai le menton pour m'assurer que je ne rêvais pas. J'entendis des bracelets cliqueter à mon bras.

— Oui, c'est vraiment moi, reprit-il avec douceur. Mais ma voix sort d'un torse plus… humain.

— Vous êtes le jeune homme du dernier portrait !

Il esquissa un sourire contrit.

— Je ne suis plus tout à fait aussi jeune, malheureusement. La magie ne protège pas forcément du temps qui passe.

Il contempla ses mains.

— Il m'a fallu dix ans pour réapprendre à marcher comme un homme.

— Qui vous a fait cela ? voulus-je savoir.

Je m'assis sur le rebord de la fenêtre. Il fronça les sourcils.

— C'est une sorte de malédiction familiale. Mes ancêtres étaient plutôt… heu… empressés à montrer à leurs voisins combien ils étaient pieux. Après quelques générations de tartuffes, le magicien du coin en a eu assez et a jeté sur eux un sort. Sans succès tout d'abord, car ils étaient au moins aussi vertueux qu'ils le prétendaient. Le magicien décida donc de guetter le premier faux pas. Ma famille se moqua de lui, ce qui n'atténua en rien sa colère. Il se trouve, à mon grand regret, que je fus ce fameux premier faux pas… Vous avez sans doute remarqué les bas-reliefs sur les portes d'entrée.

J'opinai.

— C'était moi, il y a deux siècles.

Il se détourna, et lorsqu'il me regarda de nouveau, son sourire était tendu.

— Je suis désolé d'être aussi vieux… Je crois qu'il faut calculer une année pour dix… j'ai attendu très longtemps ce moment. Mais je ne peux plus vous libérer. J'espère que cela ne vous ennuie pas trop.

— Mais je ne peux pas vous épouser !

Il s'assombrit aussitôt.

— Regardez-vous : c'est une reine, que vous deviez avoir, ou au moins une duchesse. Pas une fille insignifiante comme moi. Je ne possède rien, ni dot, ni titre…

— Belle…

— Et surtout n'allez pas vous croire redevable envers moi sous prétexte que je vous ai arraché à votre sort. Vous… vous avez été très généreux avec ma famille. Je n'oublierai jamais les mois que j'ai passés ici.

Au fur et à mesure de mon discours, il m'était apparu de plus en plus narquois.

— Oublions pour l'instant ma dette ou mes responsabilités. Si je me souviens bien, nous avons eu une conversation similaire au tout début de notre rencontre. Vous avez une bien curieuse façon de vous voir.

Il jeta un coup d'œil par-dessus son épaule.

— Si je ne me trompe pas, une glace a dû reprendre sa place dans le corridor. Suivez-moi.

Malgré moi, je mis ma main dans la sienne, et une fois de plus, j'entendis des bracelets cliqueter à mon bras.

— Juste ciel ! m'exclamai-je. Elles ont recommencé ! Comment… ?

J'étais habillée de la robe de princesse couleur d'argent. Comment ne m'étais-je pas aperçue plus tôt que mes cheveux étaient propres et rassemblés en un impeccable chignon ? Pendant qu'avaient tremblé les fondations du château, j'avais été lavée, vêtue, coiffée. Je sentis le griffon à mon cou, les escarpins à mes pieds.

Je voulus dégager ma main de son étreinte, mais il me retint.

— Venez.

Je n'avais guère le choix. Je lui emboîtai le pas pour découvrir comme promis un miroir dans le couloir. Un miroir encadré d'or, assez grand pour contenir notre reflet à tous les deux.

Mais cette femme que je voyais ne pouvait être moi. Elle était grande. Oui, bien sûr, je savais que j'avais grandi, mais tout de même ! Celle-ci avait de magnifiques reflets auburn dans ses cheveux, et ses yeux étaient couleur d'ambre. La robe lui seyait à merveille. Fascinée, je me penchai vers la glace. Mais oui, c'était bien moi ! Le sourcil en accent circonflexe était le mien. Les pommettes aussi, et la fossette d'un côté seulement d'une bouche un peu irrégulière.

— Êtes-vous convaincue, à présent ? me demanda l'homme dont je pouvais admirer l'image.

— Mon Dieu… C'est magique, répondit la jeune femme dans la glace. Tout cela va disparaître. C'est impossible.

Il posa les mains sur mes épaules nues et me plaça face à lui.

— Je dois vous prévenir, ma chérie, que nous avons très peu de temps devant nous. Partout dans ce château, gens et objets vont se réveiller et s'apercevoir qu'ils existent toujours. Ils vont venir nous trouver, impatients de connaître leur nouvelle maîtresse… Votre famille ne va pas tarder à arriver. Avec Robbie. Quant à notre pasteur, s'il se lève à l'heure, et s'il se rappelle où il a posé sa Bible, il nous mariera dès cet après-midi. Nous pouvons envisager un mariage double, si vous le souhaitez, et célébrer aussi celui de votre sœur.

En un éclair, je vis ma famille traversant la prairie pour venir se joindre à nous. Derrière, la haie de houx n'était plus. Le portail couleur d'argent s'ouvrait sur une large route blanche s'étirant dans un parc qui avait été une forêt enchantée. Espérance montait la jument. Grâce montait un cheval presque blanc. Ceux de Ger et de Robbie étaient de splendides alezans. Odyssée portait Père. À ses côtés, Mélinda était assise en amazone sur une jument claire. Son visage était aussi radieux que ceux de mes sœurs.

Ils portaient les habits somptueux que je leur avais apportés dans ma sacoche. Père, tout en blanc et bleu ; Ger, très chic en rouge, gris et noir, avec son épouse Espérance, habillée de vert et d'émeraudes. Venait ensuite Grâce, couverte d'or et de rubis. Robbie, en vert et rouge, lui tenait la main. Il avait retrouvé sa bonne santé et sa dignité.

Derrière eux, des centaines de personnes suivaient la route blanche, à pied, à cheval, ou encore en voiture. C'était un cortège aussi superbe que la procession pour le couronnement d'un roi.

La vision s'estompa, et l'homme à mes côtés poursuivit :

— Belle, je vous aime. Voulez-vous m'épouser ?

— Oui.

Il me prit dans ses bras et m'embrassa. Lorsqu'il m'éloigna de lui, ce ne fut que pour mieux me regarder et me sourire. Il porta ma main à ses lèvres, la maintint là un long moment.

— Nous y allons ?

Je tournai la tête pour mieux écouter les bruits du château.

— Tiens ! Il me semble que j'entends Lydia.

Il se tourna comme moi.

— C'est vraisemblable. Vous verrez que les Lydia seront nombreuses dans notre demeure. Si je ne m'abuse, nous avions une armée de domestiques, tous plus empressés les uns que les autres.

Il marqua une pause.

— Ainsi, vous êtes au courant, pour Lydia et Bessie ?

— J'écoutais leurs conversations depuis plusieurs mois déjà. Depuis le soir où je me suis évanouie. Vous savez bien… c'est alors que j'ai commencé à « voir ».

Il sourit.

— Oui, je sais… Dans ce cas, vous êtes un peu préparée. Elles ont été si bonnes pour moi ; rien ne les obligeait à rester, quand est survenu le changement ; mais elles ont insisté. J'avoue aujourd'hui qu'elles m'ont parfois exaspéré, avec leur incorrigible sens pratique. Vous me comprenez, je suppose.

— Certainement. Je me suis souvent demandé quel était cet ultime espoir auquel elles croyaient tant.

— Mais maintenant, vous comprenez, n'est-ce pas ?

Du bout du doigt, il me força à relever le menton.

— Vous deviez accepter d'épouser la Bête. Pragmatiques, Lydia et Bessie avaient un mal fou à imaginer que cela pût arriver un jour.

— Elles ont été adorables avec moi, en dépit de quelques différends à propos de mes robes.

Il me contempla un instant, une lueur espiègle dans les yeux.

— C'était donc cette robe-là que vous ne vouliez pas mettre, le soir où vous avez refusé de sortir de votre chambre ?

Je lui avouai que oui, et je ris avec lui. Les dernières ombres quittèrent le château pour ne jamais revenir. De la cour nous parvenaient des bruits de sabots. Je reconnus la voix de Mélinda, puis celle de Père.

— Et si nous faisions un triple mariage ? proposa mon prince charmant.

— Si Grandcœur est là, Belle ne peut être loin, déclara Ger.

Je vis mon cheval, immense et fier, drapé de rouge et d'or, une rose rouge calée sous sa têtière. À ses côtés se tenait un cheval noir, aussi grand que lui, nanti d'une selle en argent et d'un caparaçon bleu saphir, une rose blanche entre les oreilles. Auprès d'eux attendaient des valets en uniforme vert et blanc, tandis que d'autres se précipitaient pour accueillir ma famille, conduire les chevaux à leur box, recevoir la foule qui s'amassait… L'image devint floue.

— Je ne connais même pas votre nom !

Il sourit.

— Je crains de ne pas m'en souvenir. Ce sera à vous de m'en donner un. Venez. Présentez-moi à votre famille. Je suis impatient de connaître tout le monde.

— Et moi, je suis impatiente de vous les faire connaître.

Nous laissâmes derrière nous la salle où Belle avait rencontré la Bête et descendîmes ensemble, des milliers de bougies sur les chandeliers en cristal s'allumant à notre passage comme pour rivaliser avec l'éblouissant soleil. Les grandes portes d'entrée s'ouvrirent, et un océan de sons, de couleurs et de parfums m'assaillit.

Une acclamation parcourut l'assemblée. Grandcœur et son compagnon tapèrent du pied en hennissant, et par-dessus cela s'éleva la musique entraînante des trompes et des cornemuses, tandis que des cloches se mettaient à sonner.

Composition et mise en pages
Nord Compo à Villeneuve-d'Ascq

POCKET – 12, avenue d'Italie – 75627 Paris cedex 13

Imprimé en France par

MAURY IMPRIMEUR
à Malesherbes (Loiret)
en octobre 2015

N° d'impression : 201346
Dépôt légal : juin 2015
Suite du premier tirage : octobre 2015
S25936/02